Dein Tod ist mein Freund

von Drea Summer

dreasummerautor@gmail.com
Facebook: Autorindrea
Instagram: dreasummer1978
www.dreasummer.com

2. Auflage, 2021
© Alle Rechte vorbehalten.

Herstellung und Verlag: BoD – Books on
Demand, Norderstedt

ISBN: 9783751932868

Lektorat/Korrektorat: Lektorat TextFlow by
Sascha Rimpl
Covergestaltung @HollandDesign
Unter Verwendung von depositphotos
Young beautiful woman @ xload

Dein Tod ist mein Freund

– Der Tod ist mein Freund.
Ich brauche ihn, um zu überleben. –

Helga und Frank Körner erfüllen sich endlich den langersehnten Wunsch vom eigenen Haus und ziehen von Deutschland in die Steiermark. Allerdings wirft das Schicksal bereits am Abend ihrer Ankunft erste schwarze Schatten. Das Gefühl, beobachtet zu werden, ist nur der Anfang eines seelischen Martyriums. Helga werden mysteriöse Botschaften zugespielt, und die Nachbarn meiden das Ehepaar wie Aussätzige. Nach und nach zieht das Grauen in ihren Alltag ein, sie fühlen sich ihres Lebens nicht mehr sicher. Alle Spuren führen zu dem Haus am Waldrand, in dem vor fünfzehn Jahren ein schreckliches Verbrechen verübt wurde.

Doch niemand glaubt ihnen, bis es zu spät ist ...

Bibliografische Information der Deutschen Nationalbibliothek. Die Deutsche Nationalbibliothek verzeichnet diese Publikation in der Deutschen Nationalbibliografie; detaillierte bibliografische Daten sind im Internet über http://dnb.dnb.de abrufbar.

Herstellung und Verlag:
BoD – Books on Demand, Norderstedt

ISBN: 9783751932868

1

Gegenwart

»Du bist nahezu perfekt«, murmelte ich und schaute aus dem Küchenfenster. »Du wirst mich prüfen. Und du wirst es genießen, genau so wie ich es auch genießen werde.« Ich sah die braunhaarige Frau mit ihrem Hund an meinem Haus vorbeijoggen und schaute den beiden hinterher. Meine Auswahl hätte nicht schöner sein können.

2

Gegenwart

Helga Körner stellte den letzten Karton in ihrem neuen Zuhause ab. Schwer keuchend schaute sie aus dem Fenster, und schon bei diesem Anblick überkam sie ein Gefühl der Zufriedenheit. Endlich viele Wälder um sie herum, sie könnte wandern – eines ihrer liebsten Hobbys –, wann immer sie wollte. Doch mit diesem Gefühl kamen auch die ersten Zweifel auf. Einerseits war sie glücklich darüber, dass ihr Mann Frank innerhalb seiner Firma in die grüne Steiermark versetzt worden war. Andererseits hatte sie durch den Umzug von Deutschland nach Österreich alle ihre Freunde zurücklassen müssen. Und ihre zwei Töchter, die sie jetzt schon vermisste, obwohl sie die beiden erst gestern zum Abschied gesehen hatte. Aber das kleine Reihenhaus am äußeren Rand der Siedlung war ein richtiges Schnäppchen gewesen, und es gab nur wenige Nachbarn, die diesen idyllischen Ort stören könnten.

»Ich bin fix und fertig«, sagte Frank und ließ sich in den Ohrensessel fallen, der noch mitten im Hausflur stand. Er wischte sich die Schweißperlen von der Stirn und fuhr durch sein dunkles, silberglänzendes Haar. Dann lehnte er sich zurück und schloss die Augen.

»Ich auch. Wird wohl heute nichts mehr mit unserem Spaziergang, was?«

Der Umzugswagen rollte aus der Einfahrt, und Momente später war er schon nicht mehr zu sehen. Helga drehte sich um und betrachtete das Chaos, das sich im ganzen Haus ausgebreitet hatte. Zwar hatte sie alle Kartons sorgfältig mit dem Namen des jeweiligen Zimmers beschriftet, trotzdem war es ihr nicht möglich gewesen, die Männer vom Transportunternehmen anzuhalten, diese auch in die richtigen Räume zu bringen. Zum einen gab es eine

Sprachbarriere zu überwinden, da die Helfer nur Tschechisch sprachen – zumindest vermutete sie das –, zum anderen war wohl auch die fehlende Motivation ein Problem. Helga war froh, dass die Männer endlich ihrer Wege zogen. Vertrauenswürdig hatten die beiden nicht ausgesehen. Nächstes Mal würde diese Firma keinen Auftrag mehr von ihr bekommen. Wobei sie hoffte, dass es kein nächstes Mal geben würde.

Erst jetzt fiel ihr auf, dass Frank keine Antwort gegeben hatte, und sie schaute zu ihm. Er schlummerte selig im Sessel. Helga blickte auf ihre Armbanduhr. 19:12 Uhr. *Eine kleine Runde werde ich joggen. Das sollte mich eigentlich entspannen,* dachte sie sich, zog ihre Laufschuhe an und kritzelte eine Nachricht für ihren Mann auf einen Zettel, falls er in der Zwischenzeit aufwachen sollte.

Als sie die Tür öffnete, kam ihr ein beigefarbener Golden Retriever entgegengelaufen. »Daisy, komm«, sagte Helga leise, zog die Haustür hinter sich zu und lief los. Sie nahm einen tiefen Atemzug und sog die warme Luft in ihre Lungen ein. Der Juni zeigte sich heute von seiner schönsten Seite, denn es war keine Wolke am Himmel. »Herrlich hier, nicht wahr, mein Mädchen?«

Als ob Daisy sie verstanden hätte, gab sie ein Bellen von sich. Helga lachte. Die beiden waren ein Herz und eine Seele, seit Helga Daisy das erste Mal gesehen hatte. Sie war die Kleinste der sieben Welpen gewesen, aber die Einzige, die sofort auf Helga zugestürmt war. Mit ihrer kleinen, rauen Zunge hatte sie Helgas Wange abgeschleckt, als sie Daisy hochgehoben hatte. Da war sie gerade erst »eine Handvoll Leben« groß, wie Frank immer sagte. Frank meinte zwar, dass man den stärksten Welpen nehmen sollte, aber Helga ließ sich nicht davon abhalten, Daisy mit nach Hause zu nehmen. Das war mittlerweile schon acht Jahre her, und Daisy dankte ihr jeden Tag mit ihrer ganzen Liebe dafür.

Helga joggte den kleinen Abhang hinunter, sprang über den Bach und lief über das freie Feld dem Wald entgegen. Da sah sie, dass am Waldrand ein Haus stand, umgeben von einer Thujenhecke, auf den ersten Blick kaum zu erkennen. Sie nahm den kleinen Trampelpfad auf der linken Seite und lief kurz darauf die Anhöhe neben den Bäumen hinauf. Ein Maschendrahtzaun bremste ihren Lauf. Neugierig schaute sie durch den Zaun hindurch und entdeckte Kreuze und Grabsteine. Ein Schauer lief ihr den Rücken hinunter. Bei näherer Betrachtung eines Steines verstand sie, dass es sich hier um einen Friedhof für Haustiere handeln musste. *›Bello, mein treuer Freund‹* stand auf einer Plakette an einem Kreuz.

Helga lachte auf und dachte an das weltberühmte Buch *Friedhof der Kuscheltiere* von Stephen King. Daisy schaute sie ungläubig an.

»Vielleicht ist dies auch ein magischer Ort, was meinst du, Daisy?« Sie sprintete am Zaun entlang, lief in den dichter werdenden Wald, immer weiter den Hügel hinauf. Oben angekommen schaute sie hinunter und sah, dass die Gräber in Reihen angeordnet waren.

Ordnung ist das halbe Leben, dachte sie, lachte dabei und tauchte links in den Wald ein.

Je tiefer sie vordrang, umso dichter standen die Bäume und das Gebüsch. Obwohl es mitten im Juni war und die Sonne schräg am Himmel stand, hüllten die Bäume durch die dichte Blätterdecke das Unterholz in ein schauriges, dunkles Grau. Ein modriger Geruch stieg vom Boden auf.

Daisy rannte einige Meter vor ihr, als sie hinter sich ein Rascheln im Gebüsch hörte. Helga blieb sofort stehen und drehte sich um, doch außer dicken Baumstämmen, die sie nicht einmal mit ihren Armen umschließen könnte, sah sie nichts. Und wieder ein Rascheln! Vielleicht zwei Meter von ihr entfernt.

Blitzartig schossen ihr die Gedanken durch den Kopf: *Angriff oder Flucht? Doch, Angriff auf einen unsichtbaren Täter?*

Sie hetzte los. Immer den Berg hinunter. Ihr Pulsschlag erhöhte sich durch die Panik, die in ihr aufkam wie ein loderndes Feuer.

Das war eine tolle Idee, dass ich allein losgelaufen bin.

Daisy rannte mittlerweile direkt bei Fuß. Sie musste spüren, dass etwas nicht stimmte. Ein eiskalter Wind schlug Helga ins Gesicht, und sie spürte einen Stich im Unterschenkel. Das Adrenalin rauschte durch ihre Adern.

Wie weit ist es denn noch bis nach Hause?

Immer und immer wieder stellte sie sich diese Frage. Abrupt zog sich ein Brennen durch ihre Adern, und es riss ihr den Boden unter den Füßen weg. Daisys aufgeregtes Bellen hallte vom Berg wider.

3

Vor fünf Jahren

»Schätzchen, auf deine Zickereien hab ich jetzt echt keinen Nerv«, sagte Bernhard Schmied, setzte sich im Bett auf und griff zur Zigarettenpackung auf dem Nachttisch. Er zündete sich eine John Player an, lehnte sich wieder zurück und betrachtete das vollbusige Weib, das sich die Kleidung überstreifte, oder wie man das bisschen Stoff auch nennen mochte. Noch während sie sich anzog, spielte er an seinem Penis, denn dieser Arsch war echt gut zu ficken. Doch sein Freund rührte sich nicht und hing schlaff herab. Er wusste nicht mal ihren Namen. Es war auch nicht wichtig. Diese Nutten hießen doch alle gleich.

»Krieg ich jetzt meine Kohle?«, fragte sie und strich ihre arschlangen blonden Haare über ihre Schulter. Auffordernd hielt sie ihm die rechte Handfläche entgegen.

Mit einem Murren stand er auf, steckte die Kippe in seinen Mundwinkel und griff in seine Hose, die in der Mitte des Zimmers lag. Er holte seine Geldbörse hervor und reichte der Frau zwei Zwanzigeuroscheine. »Mehr war das echt nicht wert«, murmelte er.

Die Blondine wehrte sofort ab und tippte mit ihrem Zeigefinger auf die beiden Geldscheine. »Moment! Siebzig haben wir vereinbart.«

Bernhard packte sie an ihrem Oberarm, zerrte sie aus dem Zimmer und verfrachtete sie vor die Haustür.

»Du elendes Mistschwein!«, schrie sie, allerdings hatte er die Tür schon wieder ins Schloss fallen lassen.

Soll sie doch schreien, was sie will. Wen interessiert das schon?

11

Zufrieden mit sich selbst, wieder einmal ein tolles Schnäppchen gemacht zu haben, wanderte er zurück ins Schlafzimmer. Es roch nach Sex und Muschi. Er liebte diesen Geruch und sog ihn tief in seine Lunge ein. Sofort kribbelte es wieder in seiner Leistengegend. *Schade, hätte ich die Kleine noch ein wenig länger hierbehalten. Dann könnten wir nun die Runde drei einläuten.* Aber sofort verbannte er diesen Gedanken aus seinem Hirn. Jetzt war keine Zeit mehr für Spielchen. Schließlich ging er morgen wieder auf Tour. Mit dem LKW fünf Tage quer durch Österreich hinauf bis zur deutschen Grenze. Wieder fünf Tage bis er in seinem eigenen Bett schlafen, seine Dusche benutzen, frisch gekochtes Essen zu sich nehmen könnte. Und bis er wieder diesen einzigartigen Geruch in sich aufsaugen könnte wie ein Schwamm. Noch einmal nahm er einen tiefen Atemzug, doch er merkte, dass dieser bei Weitem nicht mehr so intensiv war wie noch Sekunden zuvor.

Noch während er überlegte, ob es da nicht mal einen Roman gab, in dem einer einen Duft konservieren wollte, öffnete er die Balkontür und setzte sich auf einen der beiden Plastikstühle. Wie sehr er es genoss, in dieser ruhigen Gegend zu wohnen. Vor fast genau zwei Jahren wurde der erste Block mit vier Reihenhäusern in Seiersberg-Pirka fertiggestellt, und er hatte Glück, eines – dieses begehrte am äußeren Rand – zu bekommen. Mittlerweile standen drei weitere Wohnblocks mit jeweils sechs Wohnungen. Der Blick in die Wälder ringsum war schon atemberaubend, und die frische Luft war den Preis auf jeden Fall wert. An diesem Junitag ging die Sonne gerade unter, und doch blieb die Hitze stehen. Kein Lüftchen brachte Frische an diesem Abend.

Ein markerschütternder Schrei, der ihn aus seinen Gedanken riss. Im ersten Moment dachte er an die Nutte, die vielleicht noch immer vor seiner Haustür Randale machte, doch war es urplötzlich wieder still. Der Fluss hinter seinem kleinen Garten rauschte leise, und die Blätter der Bäume, die am Ufer standen, raschelten.

»Fuck, was war das denn?«, sagte er zu sich selbst und stand von seinem Stuhl auf. Splitterfasernackt, wie Gott ihn schuf, starrte er in die Ferne. Doch er sah nichts Ungewöhnliches. Zumindest nicht auf den ersten Blick.

Doch, da! Bei dem Haus, das inmitten einer Thujenhecke stand – vielleicht hundert Meter von seinem Haus entfernt –, regte sich etwas. Jemand lief aus der Eingangstür. Schnell langte Bernhard nach seinem Fernglas, das er immer in Griffnähe hatte, um Rehe und Hirsche, die sich hier herumtrieben, beobachten zu können, und traute seinen Augen kaum. Eine Frau in einem weißen Nachthemd, die zuvor aus dem Haus gelaufen war, war mitten in der gepflasterten Einfahrt zusammengebrochen. Sie regte sich nicht mehr. Und wenn er sich nicht täuschte, war das Rote auf ihrer Kleidung Blut. Er schwenkte zurück zum Eingang und starrte in das Innere des Hauses. Die Tür war offen, doch sonst war niemand zu sehen. Kein Licht, rein gar nichts. *Das Haus steht doch schon seit Jahren leer,* dachte er, doch bereits einen Augenaufschlag später verspannten sich alle Muskeln gleichzeitig in seinem Körper. Die Unbekannte könnte tot sein.

Panisch rannte er in die Küche, schnappte sich sein Telefon und wählte den Notruf. Flugs stand er wieder auf dem Balkon, und die ersten Regentropfen fielen, als er erneut durch sein Fernglas blickte. Die Frau war fort, die Tür vom Haus war geschlossen. Es war fast so, als wäre nie etwas geschehen. Ein Schauer überfiel ihn, und eine Stimme meldete sich am anderen Ende der Leitung: »Notrufzentrale. Um was für einen Notfall handelt es sich?«

»Ich … ich glaube, ich habe einen Mord beobachtet. Also, zumindest habe ich eine Frau gesehen, die in der Einfahrt gegenüber zusammengebrochen ist. Sie hatte ein weißes Nachthemd an und war blutüberströmt.«

14

»Lebt die Frau noch?«

»Das weiß ich nicht. Sie ist nicht mehr da.«

»Nennen Sie mir Ihre Adresse, ich schicke eine Streife vorbei.«

4

Gegenwart

Langsam kam Helga wieder zu sich. Dunkelheit hüllte sie ein wie eine schwere Decke. Verwirrt schaute sie auf, und der Schmerz, der wie Messerschnitte durch ihre Schienbeine zog, raubte ihr fast den Atem. Ein lauter Seufzer entfuhr ihr.

Ein treuherziges Augenpaar sah sie an. Helga streckte ihre Hand nach Daisy aus, die direkt neben ihr lag, und streichelte ihr über den Kopf. »Braves Mädchen. Du hast auf mich aufgepasst, nicht wahr?«

Etwas Glitschiges befand sich auf Helgas Hand, und sie versuchte, es mit ein paar Blättern wieder abzubekommen. Vermutlich Erde oder das Sekret von Schnecken. Oder beides. Bei dem Gedanken erschauderte ihr ganzer Körper mit einem Schlag.

»Ihhhh«, sagte sie, setzte sich auf und wischte wie wild das Zeug ab. Augenblicklich hielt sie inne. *Moment! Es ist Abend,* dachte sie, und ein Blick auf ihre Armbanduhr verriet ihr, dass es kurz nach einundzwanzig Uhr war. *Wieso ist Frank mich nicht suchen gekommen? Schläft der etwa noch?*

»Scheiße!«, schrie sie, als sie versuchte aufzustehen. Doch der Schmerz peinigte ihre Glieder, und sie sank wieder in sich zusammen. Sie stützte sich mit ihren Händen auf dem Waldboden ab und rang gleichzeitig nach Luft. Nach mehrmaligem tiefem Ein- und Ausatmen fasste sie um ihre Knöchel. Sie spürte die tiefen Einschnitte in ihrem Fleisch. Vermutlich – zumindest machte es den Anschein – war da auch Blut. »Ich muss aufstehen! Ich muss nach Hause«, wimmerte sie, versuchte, auf die Beine zu kommen, doch schon einige Sekunden später landete sie wieder auf dem Boden und schrie auf vor Schmerzen. Die erste heiße Träne bahnte sich ihren Weg hinab. Sie schluchzte, denn sie wusste, niemals könnte sie es allein nach Hause schaffen. In der Ferne sah sie die Lichter in den Häusern. Glückliche Familien saßen zusammen beim Fernsehen, vielleicht sogar beim Abendessen. Lachten und alberten miteinander. Doch Helga, sie war gefangen im Wald. Allein.

»Warum hab ich dämliche Kuh kein Handy mitgenommen? Ich bin so doof. Helga, deine aussichtslose Lage hast du dir selbst zuzuschreiben.«

Ein Raunen von Daisy kam als Antwort. Diese lag noch am Boden.

»Was hast du denn, mein Mädchen?« Ihr Verhalten kam Helga seltsam vor. Normalerweise würde Daisy laut bellen und wie wild herumlaufen. Doch sie lag da, fast schon friedlich, und schaute Helga nur mit ihren treuherzigen Augen an. Sie rutschte auf ihrem Hintern näher an das Tier heran, und sofort legte Daisy den Kopf auf ihren Schoß. Wieder war ein Raunen zu hören, gefolgt von einem Schnaufen. Helga streichelte ihr über das Fell. »Was ist denn mit dir los? Warum bist du so ruhig?«

Natürlich bekam sie keine Antwort auf ihre Frage, doch so hatte sie ihre Hündin noch nie erlebt. Vielleicht lag es an dem neuen Zuhause? Vielleicht war Daisy einfach nur gestresst und völlig überfordert.

»Daisy! Wir müssen hier …«, sagte sie, und da hörte sie Frank, der ihren Namen rief. Sie drehte ihren Oberkörper um und sah den Lichtkegel einer Taschenlampe im Dunkeln aufleuchten. »Ich bin hier, Frank!«, schrie sie, so laut sie konnte.

»Helga! Liebling! Wo bist du? Rede weiter, dann kann ich deiner Stimme folgen.«

5

Gegenwart

»Ist doch perfekt gelaufen, oder?«, sagte ich und starrte in die grünen Augen der blonden Schönheit, die vor mir auf dem Bett lag. Vorsichtshalber hatte ich sie an Armen und Beinen am Bettgestell festgebunden. Ihr Körper zitterte vor Aufregung. Sie wusste genau, dass in wenigen Tagen ihr großer Auftritt war. Dass ich das Fest nur für sie feierte. Sie war das Geschenk.

Sie war die Richtige. Waren doch auch die anderen die perfekte Wahl gewesen und hatten überwältigend in ihren weißen Kleidern ausgesehen.

Ich dachte an meine Letzte.

Das Blut war aus ihren Adern getropft. Ganz langsam, Tropfen für Tropfen, habe ich es aufgefangen, und das reine Weiß hat ihre Haut in Besitz genommen. Ihre Augen haben hellblau geleuchtet, als sie ihren letzten Atemzug nahm.

Ein Schaudern lief über meinen Körper, allein der Gedanke daran versetzte mich in Hochstimmung. Der Tod hatte schon immer eine besondere Faszination auf mich. Als vor vielen Jahren meine Mutti von dem grausamen Tier innerlich aufgefressen wurde, lag ich noch lange an ihrem kühlen

Körper. Ich genoss die Nähe zu ihr, und noch mehr hatte ich den letzten Atemhauch genossen, den sie machte, bevor ihr Mund offen blieb und sie mich mit ihren ausdruckslosen Augen anstarrte. Erst viel später erzählte man mir, dass ich wohl einige Tage neben der Leiche verbracht hatte. Ich wunderte mich, denn für mich hatte es sich nicht mehr als wenige Minuten angefühlt, die der Tod um mich herum war. Ich fühlte mich wohl in seiner Nähe. Der Tod war mein Freund. Ich brauchte ihn, um zu überleben.

6

Vor fünf Jahren

Soeben waren die Polizisten aus Bernhards Wohnung gegangen. »Die haben mir sicher kein Wort geglaubt«, murmelte er, und in seiner Stimme klang Verzweiflung mit.

Doch eigentlich war das auch kein Wunder, dass er nicht glaubwürdig erschien, denn in seiner Wohnung sah es aus wie kurz nach der Detonation einer Bombe. Kreuz und quer lagen die Kleidungsstücke verstreut, gefolgt von leeren Bierdosen und einem geöffneten Pizzakarton, in dem noch zwei

Stücke der Pizza von gestern vor sich hin gammelten. Der Teller mit seinem heutigen Mittagsessen – selbstgekochtes Chili con Carne – stand daneben. Von den benutzten Kondomen im Schlafzimmer mal ganz abgesehen, die auf eine wilde Orgie hindeuteten.

Er trat wieder zurück auf den Balkon. Der Regen hatte an Stärke zugenommen, und das Wasser schoss kübelweise vom Himmel herab und trommelte auf das Dach. Zwar liebte Bernhard dieses Geräusch, doch im Moment fand er es sehr spooky. Auf dem Grundstück regte sich nichts. Auch das Haus, aus dem die Frau gelaufen war, schien leer und verlassen. Alles so wie immer. Dann schnappte er sich das Fernglas und sah das Polizeiauto, das dort in die Einfahrt fuhr. *Zumindest sehen die nach, wenn sie mir schon nicht geglaubt haben.*

Die Scheinwerfer des Wagens spiegelten sich kurz in den Fenstern, und Bernhard schreckte zurück. Hatte er gerade ein Gesicht am Fenster gesehen? Oder war das nur eine optische Täuschung? Hatten die Beamten nicht auch bestätigt, dass dieses Haus schon seit Langem leer stand? Klar, niemand wollte in diesem Haus wohnen, mit dieser Vorgeschichte. Das wäre fast so, als würde man sich ein Spukschloss kaufen, obwohl man sich vor Geistern fürchtete.

Mittlerweile waren die beiden Beamten ausgestiegen und klopften an die Tür, doch niemand öffnete ihnen. Ein Blitz erhellte die Nacht, und gleich darauf folgte der Donner, der so nahe schien, dass Bernhards Körper vibrierte. Einer der Beamten ging um das Haus herum, und der andere leuchtete mit seiner Taschenlampe durch die Fenster ins Innere. Doch schon zwei Minuten später waren die beiden wieder im Streifenwagen verschwunden und fuhren aus der Einfahrt.

»Fuck, die halten mich jetzt für verrückt. Nur ein alter Säufer, der herumhurt. Wobei, so ganz unrecht haben die wohl nicht.« Bernhard lachte und nahm das Fernglas herunter. Und genau in diesem Moment – in dem er glaubte, es wäre vorbei – fing alles erst an und ließ ihn glauben, tatsächlich verrückt zu sein.

7

Gegenwart

»Du musst wirklich zu einem Arzt gehen«, sagte Frank. »Deine Wunden sehen nicht gut aus. Wenn sich das entzündet ...«

Aber Helga wischte mit ihrer Hand seine Aussage hinfort.

Frank hatte sie auf seinen Armen vom Wald bis nach Hause getragen und auf das Sofa gelegt. Nun, im hellen Licht der Wohnzimmerlampe, sah sie ihre Verletzungen. Ihre Füße waren mit kleineren und größeren Einstichstellen übersät, auf denen das Blut bereits eine Kruste gebildet hatte. Der rechte Knöchel pochte und war auf das Doppelte angeschwollen. Einer der Dornen, die vereinzelt noch in ihrer Haut steckten, hatte vermutlich einen Nerv getroffen. Es schien fast so, als wäre eine Art Gift in ihre Adern gelangt. Aber wie, das konnte sie nicht beantworten, und sie versuchte, in diesem Moment nicht darüber nachzudenken. »Ich gehe morgen zum Arzt, wenn es dann nicht besser ist.«

Frank stand auf und kramte im Tiefkühlschrank. »Schatz, weißt du, wo wir die Eisbeutel haben?«, fragte er, doch sogleich redete er weiter: »Egal. Ich bring dir einfach die Erbsenpackung.« Behutsam legte er diese auf ihren Fuß.

Helga zuckte zurück. Das brannte wie Feuer, trotz der Eiseskälte.

»Ich denke, du hast dich vermutlich in einem Dornenbusch verheddert. Schatz, versprich mir, bitte lauf nie wieder los ohne dein Telefon. Okay? Du kannst dir nicht vorstellen, was ich mir für Sorgen gemacht habe, als du nicht mehr zurückkamst.«

»Dort war kein Strauch, ich schwöre.«

»Ist ja auch egal jetzt. Definitiv werde ich dich morgen zum Arzt bringen. Der muss sich das ansehen.«

»Du kannst nicht, du hast morgen deinen ersten Arbeitstag. Ich nehme mir einfach ein Taxi, okay?«

Frank nickte zustimmend und gab ihr einen Kuss auf die Stirn.

Helga hingegen dachte nicht im Traum daran, morgen zum Arzt zu gehen. Es gab so viel zu tun im neuen Haus. Das Geschirr wollte aus dem Karton raus, die Dekoration wollte das Haus schöner machen, von der Kleidung, die in den Schrank wollte, mal ganz zu schweigen. Sie hatte einfach keine Zeit, um faul herumzuliegen. Und in nur ein paar Tagen musste sie das alles schaffen, da sie nächsten Montag ihren neuen Job in der Rechtsanwaltskanzlei antreten würde.

Während Helga ihren Gedanken nachhing, hatte Frank den Fernseher angestellt. Irgendeine Dokumentation über Superfood. Zimt, Nelken und auch Ingwer zählten da wohl dazu. Helga hörte nur mit einem Ohr hin, so ganz interessierte sie das Thema nicht. Viel spannender war es, wie ihre Verletzungen zustande gekommen waren. Sie überlegte fieberhaft, ob sie wirklich kein Hindernis gesehen hatte, über

23

das sie gestolpert war. Doch sosehr sie sich anstrengte, ihr fiel nichts ein.

»Komm her, Daisy.« Helga klopfte auf das Sofa. Doch Daisy rührte sich nicht. Seit sie wieder zu Hause waren, hatte sie ihr Hundekörbchen, das neben der Couch stand, nicht verlassen. »Was ist denn los, mein Mädchen? Wieso kommst du nicht her? Was hast du denn?«

»Vielleicht ist sie einfach nur müde«, sagte Frank, und auch er schaute zu Daisy.

»Irgendetwas hat sie. Vielleicht ist sie krank?«

»Na ja, du könntest recht haben. Oder sie vermisst einfach nur ihr altes Zuhause. Lass sie doch, sie wird schon kommen.«

Helga schaute zu ihr. Daisy hatte etwas Trauriges in ihren Augen. Vielleicht war es wirklich nur der Umzug. In ein paar Tagen würde sie sich hier eingelebt haben und wieder herumtollen wie bisher.

Wenig später stand Helga unter der Dusche und wusch sich die Erde und auch das Erlebte von ihrem Körper ab. Ihre Wunden brannten wie Feuer, als sie aus der Dusche stieg, und sie schmierte desinfizierende Wundsalbe darauf.

Bis morgen wird das sicher besser sein.

8

Gegenwart

Helga saß schon am gedeckten Frühstückstisch, als Frank sich zu ihr gesellte und ihr einen Kuss aufdrückte.

»Na, mein Engel? Wie hast du geschlafen? Wie geht es dir heute?«

»Der Knöchel schmerzt noch ein wenig, aber ansonsten geht es mir gut. Auch Daisy scheint es besser zu gehen.« Sie deutete auf die Hündin, die es sich zu ihren Füßen unter dem Esstisch gemütlich gemacht hatte.

»Das ist schön, dass es meinen beiden Damen besser geht.« Frank nahm Platz und schnappte sich ein Brötchen aus dem Korb. »Ich freu mich auf meine neue Aufgabe. Ich bin gespannt, wie meine Kollegen drauf sind.«

»Bist du nervös?«, fragte Helga und lachte.

»Ja, ein wenig schon. Obwohl ich diesen Job schon seit Jahren … nein, seit Jahrzehnten mache, habe ich ein mulmiges Bauchgefühl.« Er schmunzelte und biss ein Stück von seinem Brötchen ab, das er sich in der Zwischenzeit mit Schinken belegt hatte.

»Das steht mir nächste Woche noch bevor, also das mit dem Nervös-Sein. Heute werde ich mal hier ein wenig Ordnung schaffen.«

»Bitte übernimm dich nicht. Ich helfe dir, sobald ich von der Arbeit komme, ja?« Frank stand auf, räumte seinen Teller in die Spüle und ging ins Badezimmer. Wenig später verabschiedete er sich mit einem Kuss, und die Tür fiel hinter ihm ins Schloss.

»Wo soll ich nun beginnen?«, fragte sie sich und schaute die vielen Kartons an. »Ich werde mit den Küchenutensilien anfangen.« Sie schnappte sich den Karton mit der Nummer vier und stellte ihn auf der Arbeitsfläche ab. Doch schon nach einer guten Stunde schmerzte ihr Fußknöchel so stark, dass sie eine Pause einlegte. Sie kochte sich einen Kaffee und zog sich damit aufs Sofa zurück, wo sie ihren Fuß auf ein Kissen drapierte.

Sie schloss die Augen. Die Sonne schien hell ins Zimmer, und Helga genoss die Wärme, die auf ihr Gesicht strahlte.

Das wird hier sehr schön werden, und wir werden uns wohlfühlen.

Abrupt riss das Klingeln an der Tür sie aus ihren Gedanken. Daisy schlug mit lautem Gebell an und stürmte in den Vorraum. Helga hatte Mühe beim Aufstehen, aber wenige Momente später öffnete sie die Haustür. Sie erschrak im ersten Moment. Ein älterer Mann mit einem verschlissenen Pullover stand ihr gegenüber. Ein Strohhut, der seine besten Zeiten schon hinter sich hatte, war tief in sein Gesicht gezogen. Und der Duft, der von ihm ausging, grenzte an Verwesung, süßlich und sauer zugleich. In diesem Moment bereute Helga, dass sie geöffnet hatte, und schwor sich, nie wieder die Haustür zu öffnen, ohne zu schauen, wer draußen war. Ihre Hände begannen zu zittern, die Panik hatte sie fest im Griff. Wer weiß, was dieser Mann von ihr wollte! Würde es reichen, laut loszuschreien, wenn er sie anfasste? Würden die Nachbarn hellhörig werden? Gab es jemanden in der Nähe, der ihr im Notfall helfen könnte? Tausend Fragen schossen ihr auf einmal durch den Kopf und hallten an den Gehirnwänden wider.

»Hast du das Geschenk gefunden?«, fragte der Mann und schaute ihr direkt in die Augen. Seine sonnengegerbte Haut war übersät mit Falten. In seinem Mund schien nur noch ein einzelner Zahn zu sein, zumindest auf den ersten Blick.

Helga stockte, doch sie erholte sich schnell und schüttelte den Kopf.

»Erst dann kannst du zur Prüfung antreten«, sagte der Mann, drehte sich um und schritt davon.

Helga war stocksteif.

Was für ein Geschenk?

Sie nahm all ihren Mut zusammen und humpelte dem Mann hinterher. »Moment. Was hat das zu bedeuten?«, fragte sie, als sie ihn eingeholt hatte. Trotz seines Alters war er flott unterwegs und hatte sich einige Meter von ihr entfernt.

Doch der Mann zuckte nur mit den Schultern, rannte um die Ecke und ließ sie stehen. Helga blieb der Mund offen. Sie konnte nicht fassen, was soeben passiert war.

Was für eine Prüfung? Sind hier etwa Verrückte unterwegs?

9

Vor fünf Jahren

Ein Knirschen ließ Bernhard senkrecht im Bett sitzen. Von einer Sekunde auf die andere war er wach. Hellwach. Das Mondlicht schien in sein Schlafzimmer und hüllte alles in einen unwirklichen Schimmer. Ein kühler Luftzug ließ den Vorhang der geöffneten Balkontür wippen. Ein Schauer zog sich über seinen Rücken.

Jemand ist in meiner Wohnung!, dachte er, schlüpfte aus dem Bett und schlich zur Tür. Ganz langsam öffnete er sie und lauschte. Doch es war nur Stille zu hören. Das Blut rauschte in seinen Ohren. Bernhard wischte sich mit dem Handrücken die Schweißperlen von der Stirn. *Was soll ich bloß machen? Wer weiß, vielleicht ist ein Einbrecher in der Wohnung!* Sein Herz hämmerte wie ein Vorschlaghammer gegen seine Rippen. Und da spürte er den Luftzug, der sich an ihm vorbeischlängelte. *Jemand muss die Haustür geöffnet haben!* In seinem Kopf schrie alles um Hilfe, doch ... was wäre, wenn er dies laut aussprechen würde? Was wäre, wenn er um Hilfe schrie? Würde ihn um diese Uhrzeit jemand hören? *Vielleicht ist es die kleine geile Schlampe, die ich vorhin auf die Schwelle gebeten habe. Vielleicht will sie sich nur den Rest vom Geld holen? Wobei, mit der könnte ich es aufnehmen, und dann versohl ich ihr den Hintern, dass sie drei Tage nicht sitzen kann.*

Und wie von Geisterhand verflog die Anspannung in seinem Körper, und ein wohlig warmes Gefühl nistete sich in seiner Magengegend ein.

Wer sollte sonst in meine Wohnung einbrechen, wenn nicht sie?

Er schlich sich auf Zehenspitzen den Flur entlang und spähte ins Badezimmer. Doch dort war niemand zu sehen. Behutsam und auf jeden Schritt bedacht, schaute er ins Wohnzimmer. Auch dort konnte er nichts Ungewöhnliches entdecken. Somit blieb nur noch die Küche übrig, in der sich die Schlampe aufhalten könnte. Die Vorfreude stieg in seinem Inneren an, denn er konnte

29

das Knallen seiner flachen Hand auf eine ihrer knackigen Pobacken schon hören. Sein Penis zuckte. Auch er würde sich freuen, das Loch wiederzusehen. Und er würde sie ficken, bis sie schrie!

Doch ein Blick in die Küche unterbrach seine sexuellen Fantasien. Denn dort war keine Menschenseele. Nur das Küchenfenster stand offen. Hatte er es nicht geschlossen, als er zu Bett gegangen war? Ein erneutes Knirschen, diesmal direkt hinter ihm, ließ ihn zusammenzucken. Für einen kurzen Moment schloss er die Augen. Er dachte, sein letztes Stündlein hätte geschlagen und der Teufel höchstpersönlich würde ihn nun zu sich holen. Doch es war nicht der Teufel, der ihm den Schlag auf den Rücken versetzte. Und er nahm Bernhard auch nicht mit ins Fegefeuer. Ganz im Gegenteil. Er hatte für Bernhard ein Geschenk mitgebracht. Ein Geschenk der besonderen Art.

Bernhard ging sofort zu Boden, als der Stuhl ihn traf, und zugleich zog ein Brennen in seinen Nacken. Noch bevor er seine Hand heben und einen klaren Gedanken fassen konnte, spürte er einen Stich am Hals. Er bekam nicht mehr mit, dass eine Streichholzschachtel auf seinen Tisch gelegt und die Haustür geschlossen wurde. Auch hörte er das Klicken nicht, das der Schlüssel im Schloss auslöste, und wie es den Bolzen in die Zarge bohrte.

10

Gegenwart

Rasch legte ich den Mantel ab und entfernte die Silikonmaske von meinem Gesicht. Dann schlich ich mich zu ihr ins Zimmer. Schweigend betrachtete ich mein Wunder. Still war sie geworden, die blonde Schönheit. Nur in ihren Augen sah ich die Fragen, die sie mir stellte. Fast schon vorwurfsvoll blickte sie mich an. Sie wollte eine sein. Eine der Besonderen. Eine der Auserwählten. Eine nur für mich. Das spürte ich in jeder Faser meines Körpers. Das Flügelschlagen in meiner Magengegend begann, und die tausend Schmetterlinge streichelten mein Innerstes.

»Bald ist es so weit. Du musst dich noch ein wenig gedulden.«

Ich strich ihr über den Schopf. Sie zuckte leicht zurück, sagte allerdings kein Wort. Die Anspannung im Raum war zum Bersten. In zwei Tagen würde es so weit sein.

Ein Feiertag, an dem ich jedes Jahr eine große Party schmiss, so wie es mir meine Mutter schon beigebracht hatte. Sie war es, die ein Geschenk und den Beschenkten ins Haus holte. Sie liebte diesen Tag.

Ich holte ihr Bild aus meinem Koffer, der geöffnet im Raum lag. Langsam fuhr ich mit meinem Finger über ihr Lächeln. Sie war so eine schöne Frau gewesen und so klug. *Was hat sie mir alles über die große weite Welt erzählt?* Über die Welt, die nicht so farbenfroh war, wie sie es sich in ihrer Fantasie zurechtgelegt hatte. Das musste ich nach ihrem Tod schmerzlich feststellen. Aber ich hatte es geschafft zu überleben. Irgendwie. Und vor sechs Jahren hatte ich festgestellt, dass ich zu ihr geworden war. Dass ich sie mehr denn je brauchte. Ich wollte die Tradition, die Mutter eingeführt hatte, fortbestehen lassen. Ich musste.

Ich schritt zum Fenster und blickte zu dem Reihenhaus. *Trotz des Schlafmittels, das ich ihr gestern mit meinem Blasrohr injiziert habe, hat sie topfit ausgesehen. Ob sie mein Geschenk schon gefunden hat?* Bisher war das Rätsel erst einmal gelöst worden, doch da war es zu spät gewesen. Zu spät für die Umkehr. Zu spät, um alles wieder heile zu machen. Das Blut war doch bereits aus ihr herausgetropft, fein säuberlich in Behälter aufgefangen. Für die spätere Verwendung. Für die Reinigung. Für das Leben.

32

Aus dem Augenwinkel heraus sah ich eine Kröte. Eine fette Kröte, die direkt vor meinem Haus im Gras sprang. Ich musste schmunzeln, als ich an früher dachte, an meine Kindheit. Ich drehte mich um zu meinem Gast. Sie hatte ihre Augen geschlossen, doch das hielt mich nicht davon ab, mit ihr zu sprechen. Ich nahm mir einen Stuhl und setzte mich, bevor ich zu reden begann.

»Weißt du, meine Schöne? Da draußen sah ich etwas, was mich an meine Kindheit erinnerte. Die Kröte, wie sie explodierte und ein Rauchwölkchen aus ihr emporstieg.« Ich begann laut zu lachen, denn dieses Kopfkino, das sich gerade in mir abspielte, war einfach zu komisch. Als ich wieder zu ihr sah, blickten mich ihre grünen Augen an. Vermutlich wollte sie die ganze Geschichte über die Kröte hören. Doch für heute war es genug. Sie bekam so viel meiner Aufmerksamkeit, dabei hatte ich doch noch viel Arbeit vor mir. Aber ich liebte sie. Ich begehrte sie schon, seitdem ich richtig denken konnte.

11

Vor drei Tagen

»Hallo«, wisperte Lena und setzte ein begehrenswertes Lächeln auf, als sie ihn sah. Verlegen strich sie mit ihren Händen über ihren dunkelblauen Faltenrock, den sie heute extra nur für ihn angezogen hatte, weil er ihre Beine so verführerisch lang fand. Er war mit seinen fünfunddreißig Jahren nur zwei Jahre älter als sie selbst. In seinen kurzen schwarzen Haaren schimmerten die ersten grauen Strähnchen hervor. Aber gerade das machte ihn verdammt sexy. Und das blaue Hemd mit den silbernen Knöpfen passte perfekt zu seinen dunkelbraunen, fast schon schwarzen Augen.

»Hallo, meine Schöne«, sagte Johannes und drückte sie ganz fest an seinen Körper.

Lena versank in seinem Duft nach Rasierwasser und sog diesen gierig auf. Wie gern würde sie sich an seine nackte Haut schmiegen und eins mit ihm werden. Dabei kannten die beiden sich doch erst seit wenigen Tagen. Und Lena war bei Gott nicht dieser Typ Frau, der gleich mit dem Erstbesten ins Bett stieg. Doch Johannes – ja, er war definitiv eine Sünde wert. Sie löste sich von ihm und strich ihre blonde Haarsträhne aus dem Gesicht.

»Ich hab dich so vermisst«, sagte sie, und im gleichen Moment spürte sie, wie die Schamesröte in ihrem Gesicht aufstieg. *Hab ich das jetzt wirklich laut gesagt?,* fragte sie sich, und da kamen seine Lippen ganz nahe an ihre heran. Sie spürte seinen Atem auf ihrer Haut, augenblicklich forderte seine Zunge Einlass. So schwang sie hinab in die Tiefen der Glückseligkeit. Allein wie er sie küsste, brachte ihre Knie zum Schmelzen, und ein leichtes Schwindelgefühl setzte ein. In ihrer Leistengegend entbrannte die Lust, und am liebsten hätte sie sich ihm direkt hier hingegeben, doch waren die beiden auf dem Parkplatz vor einer der besten Konditoreien in ganz Seiersberg. Jetzt war definitiv nicht der richtige Zeitpunkt.

Er löste sich von ihr. Auch er musste ihr Zittern gespürt haben, denn er blickte sie durchdringend an. Ein Blick in ihre Seele. In ihr Gefühlschaos, das er auslöste. In ihre Sehnsüchte, die sie ihm wie ein offenes Buch präsentierte.

»Wir sollten langsam mal los. Sonst wird das Essen kalt.« Ein unwiderstehliches Zweiunddreißig-Zähne-Lächeln ließ in ihr die Schmetterlinge flattern. *Wahnsinn. Was ich für ein Glück habe! So ein Wahnsinnstyp, und dann kann er sogar noch kochen.* Nichts Schöneres gab es für sie als diesen Moment.

Lena nickte, und Johannes trat auf den blauen BMW zu und öffnete ihr die

Wagentür. Sie stieg ein und sog den Geruch des Neuwagens in sich auf.

Wie herrlich!, dachte sie sich. *Geld hat er auch noch, so ein Wagen kostet bestimmt eine Menge! Ich kann mir nicht mal ein eigenes Auto leisten.*

Johannes startete den Wagen, und sie fuhren vom Parkplatz. Er bog an der Kreuzung links ab und fuhr auf die Packerstraße in Richtung Tobelbad. Er legte seine Hand auf ihr Knie, das nackte Haut präsentierte, da ihr Rock in die Höhe gerutscht war.

»Sag mal«, fing Lena nach wenigen Momenten zu sprechen an. Die Stille fand sie unheimlich. »Du hast mir doch erzählt, dass du Vertreter bist. Aber ich hab dich nie gefragt, was genau du verkaufst.« Nicht dass sie das unbedingt interessiert hätte, aber zum jetzigen Zeitpunkt war ihr jedes Thema recht.

»Ich verkaufe Autoreifen.« Stur schaute er auf die Straße. Er wirkte angespannt. *Vermutlich ist er genauso nervös wie ich,* dachte Lena und schmunzelte in sich hinein.

»Interessant«, murmelte sie. »Und was hast du uns beiden Leckeres gekocht?«

Plötzlich huschte ein Grinsen über sein Gesicht. Die Anspannung schien wie weggeblasen. »Lass dich überraschen. Ein romantischer Abend bei Kerzenschein. Genau so wie ich es dir versprochen habe.«

Soeben hatten sie die letzte Wohnsiedlung von Seiersberg-Pirka hinter sich gelassen, und es erstreckte sich ein weites grünes Feld auf beiden Seiten der Straße. Dahinter begann der Wald. Die Sonne brannte vom Himmel, und trotz der eingeschalteten Klimaanlage stieg in Lena Hitze auf.

»Wir sind gleich da. Da vorne ist es.« Er zeigte auf die rechte Seite, wo der Waldrand war.

»Ich seh da kein Haus.« Neugierig beugte sie ihren Oberkörper vor.

»Es ist ein wenig versteckt. Ich hab dir ja gesagt, ich mag keine Nachbarn. Ich will meine Ruhe haben, dafür ist es perfekt. Und abends kannst du die Rufe der Tiere hören, so still ist es hier.«

»Aha«, sagte Lena, und ein ungutes Gefühl stieg in ihr hoch. War es ein Fehler, dass sie hier im Nirgendwo war, mit einem Mann, den sie kaum kannte? Ein Blick auf seine sanften und doch männlichen Gesichtszüge reichte, um diesen Gedanken fortzublasen. Mörder und Vergewaltiger sahen nicht so verdammt gut aus. Das waren abgewrackte, schreckliche Gestalten. Johannes war ein Lieber. Da war sie sich sicher. Sie hatte doch eine gute Menschenkenntnis.

Johannes bog in den schmalen Weg ein, der von der B70 abging. Und da sah sie es schon. Das kleine Häuschen wurde von einer meterhohen Thujenhecke eingerahmt, die somit Schutz vor neugierigen Blicken bot. Das Haus machte einen alten, aber sauberen Eindruck. Johannes stieg aus, umrundete das Auto und öffnete die Beifahrertür. Er hielt ihr die Hand hin, die Lena sofort ergriff. Wie galant er doch war. Sie fühlte sich wie eine Prinzessin. *Cinderella.*

Er umfasste ihre Hüften, und sogleich strich er ihr über das Haar. »Weißt du eigentlich, wie wunderschön du bist?«

Ein wenig verlegen schaute sie zur Seite. Heute hatte sie sich extra hübsch gemacht. Für ihn. Nur für ihn. Und auch nur für ihn hatte sie sich ihre hellgraue Spitzenunterwäsche angezogen. »Danke«, flüsterte sie, und schon wieder stieg sein Duft in ihre Nase. Wie betörend!

»Komm. Gehen wir rein.« Er hielt ihr seinen Ellbogen entgegen, und sie hakte sich bei ihm ein. Fast schon schwebte sie die drei Stufen hinauf, die zur Haustür führten. Er öffnete ohne Schlüssel.

»Sag mal: Hast du nicht abgeschlossen? Fürchtest du dich nicht vor Einbrechern?«, fragte Lena und blieb abrupt stehen.

»Aber, meine Schöne. Was gibt es denn hier schon zu holen? Das einzig Wertvolle in diesem Haus bist jetzt du.« Sie sah es in seinen Augen blitzen. Das Verlangen. Das Verlangen nach Befriedigung. Oh ja, sie wollte es auch.

Als sie über die Schwelle trat, empfing sie ein Geruch nach Zitrone und Desinfektionsmittel. Doch dieser verflog sofort wieder, als Johannes sie in die kleine Küche führte, in der ein Tisch für zwei Personen gedeckt war. In der Mitte stand ein dreiflammiger Kerzenständer aus Silber. Johannes zog den Stuhl hervor, und Lena nahm Platz.

»Ich komme gleich wieder zu dir«, sagte er und holte eine Flasche Wein aus dem Kühlschrank und zwei Gläser aus dem Küchenschrank.

Sie hörte, wie er den Weißwein ins Glas eingoss. Sie schnüffelte in der Luft, um einen Einblick zu bekommen, mit welchem Essen er sie überraschen würde. Doch da war nichts. Kein Geruch trat in ihre Nase. Und auch auf dem Herd erblickte sie keine benutzten Töpfe oder Pfannen. Es war alles sauber, fast schon steril. Zeit, um sich darüber zu wundern, hatte sie keine, denn er stellte ihr schon das Glas Wein hin.

»Prost! Auf dich, meine Schöne.«

Sie griff wie automatisch zum Glas und trank. Ein würziges, feines Aroma entfaltete sich an ihrem Gaumen.

Entspannt lehnte sie sich zurück. »Was gibt es nun Leckeres?«

Anstatt einer Antwort kam er ganz nah an sie heran. Er küsste sie wieder.

Als sie sich von seinen Lippen lösen konnte, sagte sie mit schwerer Zunge: »Gib es zu. Heute bin ich der Nachtisch.«

Er grinste nur und küsste sie an ihrem Hals. Sie fühlte sich wie auf Wolke sieben und schwebte fast im Raum, bevor sie in einen tiefen, traumlosen Schlaf fiel.

12

Gegenwart

Wie dumm von mir, dass ich nicht reagiert habe. Sie stand noch immer wie angewurzelt auf dem Parkplatz, der an die Siedlung angrenzte und starrte dem fremden alten Mann hinterher, obwohl er schon längst verschwunden war. In diesem Moment hörte sie ihr Handy läuten und rannte zurück ins Haus. Gerade noch in letzter Sekunde nahm sie das Gespräch entgegen. »Hallo?«, sagte sie atemlos.

»Hallo, Mama«, sagte Stefanie.

»Hallo, mein Schatz. Wie geht es dir?« Helga blickte sich suchend um, und schließlich fand sie ihre Kleidung vom Vortag im Badezimmer. Wenn, dann konnte dieses *Geschenk* nur hier sein.

»Mama? Ich muss dir etwas sagen.«

Helga wühlte in ihrer Hosentasche. »Ja, dann sag«, murmelte sie beiläufig ins Telefon.

»Du wirst Oma.«

Helga kramte eine Streichholzschachtel hervor, in der ein kleiner Zettel versteckt war, auf den Zahlen und ein Buchstabe gekritzelt waren: ›*140620J656*‹.

»Schön«, sagte Helga und starrte wie gebannt auf die Notiz. *Was hat das bloß alles zu bedeuten?*

»Mama? Freust du dich etwa nicht?« Stefanies Stimme klang weinerlich.

Helga riss sich zusammen. Es war der denkbar ungünstigste Zeitpunkt, an dem ihre Tochter ihr von Helgas langersehntem Wunsch erzählen konnte. Aber das konnte Stefanie doch nicht wissen. »Natürlich, mein Schatz. Ich freue mich sehr. Aber weißt du, du hast mich damit doch sehr überrascht. Ich muss gleich mal deinen Vater anrufen und ihm davon erzählen.«

Stefanie lachte. »Aber, Mama, das mache ich doch.«

»Natürlich machst du das. Wie dumm von mir.« Nun lachte auch Helga. Sie ging ins Wohnzimmer, legte den Zettel auf den Tisch und setzte sich aufs Sofa.

»Ich merke schon. Ich störe dich bei etwas. Du bist gar nicht bei der Sache.«

»Doch, doch. Es ist nur …«, sagte Helga stockend. Sollte sie wirklich ihrer Tochter von den merkwürdigen Vorkommnissen hier erzählen? Sofort verwarf sie den Gedanken wieder. »In der wievielten Woche bist du denn? Wisst ihr schon, was es wird? Was sagt Manuel dazu?«

»Stell dir vor, ich bin schon in der dreizehnten Woche. Und ich hab nichts davon gemerkt. Na ja, bis auf die letzten beiden Wochen, in denen meine Hosen nicht mehr ganz so gepasst haben wie sonst. Ach, Manuel freut sich riesig. Er hat gemeint, dass es ihm egal wäre, was es wird. Hauptsache, der Bub ist gesund.« Stefanie lachte los. Doch Helga starrte wie paralysiert auf die Buchstaben-Zahlen-Kombination.

»Ja, typisch für Manuel. Ich freue mich jedenfalls. Und mir ist es wirklich egal, ob Enkelsohn oder Enkeltochter. Schade, dass ich dich jetzt nicht in den Arm nehmen kann.« Eine Träne huschte über Helgas Wange. »Du bist zu weit weg.«

»Mama, wir kommen euch bald mal besuchen. Lebt euch erst mal ein. Ich bin noch länger schwanger.« Stefanie lachte. Im Hintergrund hörte Helga eine Türklingel erschallen. »Mama, ich muss Schluss machen. Jemand ist an der Tür.«

Helga erstarrte, doch sofort löste sich die Anspannung. *Vor Stefanies Tür wird kein Verrückter stehen, der irgendetwas von einem*

Geschenk murmelt. »Natürlich. Ich liebe dich. Wir telefonieren abends, ja?« Sie hörte, wie Stefanie die Haustür öffnete. *Anscheinend der Postbote,* dachte sie sich und beendete das Gespräch.

Nun war sie allein. Allein mit diesem Zettel, den ihr irgendein Psycho in die Hosentasche gesteckt haben musste. Krank, so krank war diese Welt. *Moment,* fiel es ihr ein. *Wann kann das bloß passiert sein?* Als die Leute vom Umzug da waren? Nein, das hätte sie doch bemerkt! Es musste im Wald passiert sein, als sie gestürzt war. Aber das konnte nicht sein. Daisy ... sie hätte doch gebellt wie verrückt und Helga mit ihrem Leben beschützt. Oder doch nicht? Sie ließ den Abend nochmals Revue passieren. Ihre Hundefreundin war gestern Abend verändert gewesen. Irgendwie wie betäubt. *Betäubt!,* hallte in ihrem Hirn wider. *Natürlich, das erklärt so vieles. Auch meinen geschwollenen Knöchel. Und wenn auch Daisy betäubt worden ist, erklärt das ihr apathisches Verhalten. Das ist die Lösung. Aber wie?* Es war Helga doch keiner zu nah gekommen oder hatte sie angefasst. Der Gedanke ließ sie nicht los, obwohl sie keine Antwort auf das Wie fand.

Sie öffnete an ihrem Handy den Internetbrowser und gab die Buchstaben-Zahlen-Kombination ein. ›*Ihre Suche ergab keinen Treffer.*‹

43

»Verdammt. Was hat das zu bedeuten?«, sagte sie zu sich selbst. Sie probierte die ersten sechs Zahlen aus. Vielleicht lieferten die ein Ergebnis. Und tatsächlich. Unter ›140620‹ fand sie Videos von einer japanischen Band und Bilder zu Technikartikeln, Plastikboxen und Schaufeln. Doch das alles brachte sie nicht weiter. Was hatte das alles mit ihr zu tun?

Sie löschte ihre Suchanfrage und gab ›J656‹ in die Suchzeile ein. Da erschienen Beiträge und Bilder einer Herrenarmbanduhr. Eine Spezialedition.

»Toll«, sagte sie. »Und was fange ich nun mit dieser Information an?« Sie ließ ihren Kopf sinken, und die Zahlen schwirrten in ihrem Verstand umher.

Das Läuten ihres Handys riss sie aus ihren Gedanken. ›Frank‹ stand auf dem Display, und sofort kam das schlechte Gewissen hoch, als sie seinen Namen las. Vor wenigen Minuten hatte sie erfahren, dass sie Oma wurde. Doch freuen konnte sie sich nicht darüber, denn ihre Gedanken waren zu sehr mit dieser Nachricht beschäftigt.

»Hey, mein Liebling.«

»Hallo, Oma«, sagte Frank, und sie hörte, wie er ins Telefon grinste.

»Hallo, Opa. Jetzt sind wir alt!«, sagte Helga.

»Man ist nur so alt, wie man sich fühlt. Stefanie erzählte mir, dass du ein wenig abwesend warst am Telefon. Geht es dir nicht gut? Ist es wegen deinem Fuß? Soll ich nach Hause kommen?«

»Nein, nein. Meinem Fuß geht es gut. Er hat ein wenig wehgetan, aber das ist jetzt auch wieder vergangen. Es geht schon wieder. Ich war halt einfach überrascht, sonst nichts. Wer hätte gedacht, dass es doch so schnell geht? Ich meine, sie hat doch erst vor vier Monaten die Pille abgesetzt. Ich freu mich, das Baby in meinen Händen zu halten. Ich werde Stefanie später noch mal anrufen.«

»Das sind sehr viele Infos auf einmal. Vielleicht ruhst du dich ein wenig aus. Du klingst sehr gestresst. In wenigen Stunden komme ich nach Hause, und dann helf ich dir beim Auspacken, ja? Ich bring eine Pizza mit, dann brauchst du heute nicht zu kochen. Was hältst du davon?«

»Klingt super. Machen wir so«, sagte Helga und starrte schon wieder auf die Buchstaben-Zahlen-Kombination. Sollte sie ihrem Mann davon erzählen? Und ihm auch ihren Verdacht mitteilen, dass sie gestern im Wald betäubt worden war? Doch das verwarf sie sofort wieder. Das war mit Sicherheit alles nur ein großes Missverständnis. »Ich freu mich auf heute Abend.«

»Ich mich auch. Ich bring eine Flasche Sekt mit, wir müssen anstoßen, dass wir Großeltern werden.«

45

»Ich liebe dich. Bis später«, hauchte sie noch ins Telefon und drückte auf die rote Taste.

13

Vor fünf Jahren

Die Sonne strahlte Bernhard ins Gesicht, und sein Schädel brummte, als hätte ihn eine Dampfwalze überfahren. Langsam kam er zu sich und richtete sich auf.

Fuck, was ist hier passiert?

Er saß auf dem Küchenfußboden inmitten der Splitter. Völlig verwirrt sah er sich um und erhaschte einen Blick auf die Uhr an der Wand. Es war kurz nach sieben. Bereits vor zwei Stunden hätte er mit seinem Truck auf der Landstraße unterwegs sein müssen. Sein Chef würde so was von stinksauer sein. Allein bei dem Gedanken daran, dass er ihn nun anrufen müsste, rieselte ein kalter Schauer seinen Rücken hinunter. War sein Chef doch so schon ein Choleriker, dieser Vorfall würde ihn endgültig zum Ausrasten bringen.

Bernhard stand auf, wankte ein wenig und hielt sich an der Tischplatte fest. Da sah er die Streichholzschachtel. Wie kam die hierher? Doch schon im nächsten Moment besann er sich darauf, sein Handy zu suchen. Zuerst den Chef anrufen, dann die Polizei. Gesagt, getan. Er kämpfte sich die Treppe nach oben, schritt ins Schlafzimmer, schnappte sich sein Handy, das immer auf dem Nachtschrank lag, und tippte die Nummer von seinem Chef ein. Er hielt den Atem an, als das Freizeichen ertönte. Und einen Augenaufschlag später hörte er schon das Gebrüll.

»Bist du von allen guten Geistern verlassen? Du rufst mich erst jetzt an? Zwei Stunden nach Dienstbeginn? Was ist diesmal passiert, dass du nicht pünktlich bist? Ist dein Hamster gestorben, deine fünfte Großmutter, oder wollte die Bierflasche noch Liebe von dir und du konntest sie nicht alleinlassen?« Sein Chef schnaufte ins Telefon.

»Ich wurde in der Nacht überfallen und hab mit dem Stuhl eine übergezogen bekommen. Betäubt wurde ich auch, glaube ich zumindest.« Bernhard fuhr mit der Hand über die Stelle am Hals. »Ich war bewusstlos. Du musst mir glauben.«

»Bernhard. Du versoffener alter Sack. Du bist in deinem Rausch über den Stuhl gefallen. Du bist gefeuert. Hast du gehört? Komm nie wieder hierher. Nie wieder. Ich hab dir vorige Woche schon die dritte

Abmahnung erteilt. Du hast hoch und heilig geschworen, du kommst nie wieder zu spät. Du trinkst nie wieder einen Tropfen. Es reicht jetzt!«

Das Gespräch war beendet. Er konnte kaum fassen, was sein Chef – falsch – Ex-Chef gerade gesagt hatte. Sein Körper geriet wieder ins Wanken, und er sank auf die Matratze.

»Scheiße!«, schrie er, so laut er konnte, und pfefferte sein Handy gegen die Wand. Ein Knacksen war zu hören. Das Display war in Tausende Stückchen zersprungen. Das hatte ihm gerade noch gefehlt. Die Polizei könnte er jetzt nicht mehr übers Telefon erreichen. Er müsste nachher selbst auf die Wache fahren. Sein Kopf sank in seine Hände, und ein Schluchzen entfuhr seiner Kehle. »Fuck, fuck, fuck«, murmelte er vor sich hin wie eine Beschwörungsformel. »Was mache ich jetzt bloß?«

Er wiegte seinen Oberkörper vor und zurück. Nach einer Weile hatte sich der erste Schock gelegt. Er stand auf, schritt in die Küche zurück und schaltete die Kaffeemaschine ein. *Nie wieder trinke ich einen Tropfen Alkohol. Und mit der Herumhurerei ist es auch aus,* dachte er, und da sah er das Streichholzkästchen erneut.

Er nahm es in seine Hände und drehte und wendete es in alle Richtungen. Laut der Beschriftung war es wohl eine Werbung für ein billiges Motel, in dem die Huren ein und aus gingen. Zumindest dem Werbetext nach zu urteilen. *›Ihr Auto parken Sie bequem in der Tiefgarage. Wir sind diskret.‹* Das hatte mit Sicherheit die kleine Schlampe hier vergessen.

Die Kaffeemaschine brodelte und zischte. Er schüttete die schwarze Brühe in eine Tasse, stellte diese auf dem Tisch ab und zog sich eine Zigarette aus der Schachtel. Soeben schob er die kleine Lade hinaus, doch anstatt der Streichhölzer fand er darin einen Zettel, der fein säuberlich zusammengefaltet war. *›1406153N1829‹*

»Was soll denn diese Scheiße?«, sagte er und starrte fassungslos auf die Buchstaben-Zahlen-Kombination. »Was soll ich mit diesem Dreck?« Er ließ den Zettel fallen, nahm seine Kaffeetasse und schlurfte aus der Küche durch den Flur hinauf ins Schlafzimmer. Dort, auf dem Nachtkästchen, fand er ein Feuerzeug. Mit einem gierigen Einatmen rang er den ersten Zug seiner Zigarette hinunter und trat auf den Balkon hinaus.

Er sah auf seine Armbanduhr. *Verfickte Scheiße. Jetzt muss ich zuerst auf die Polizeistation und dann noch aufs Arbeitsamt. Das wird ziemlich knapp werden heute.*

14

Gegenwart

Genauso wie damals deckte ich den großen Tisch. Extra dafür hatte ich mir den Mahagonitisch bestellt. Mutter liebte dunkles Holz.

In meiner Abwesenheit hatte ich weiße Leintücher darüber geworfen. Die Idee kam mir, als ich vor ein paar Jahren einen Horrorfilm, in dem ein Schloss die Kulisse war, gesehen hatte. Schließlich durfte nichts beschmutzen, reinlich musste alles sein. So wie Mutter das gernhatte. Sorgfältig polierte ich das Silberbesteck und legte die letzte Gabel auf den Tisch zu den Tellern mit dem Goldrand. Acht Teller standen bereit für das Fest, die große Party. Und mein Ehrengast bekam natürlich den Platz an der Stirnseite. So wie es sich gehörte. Doch irgendetwas fehlte. Ich kam nur nicht darauf, was es war. Ich ging zum Fenster und schaute die kleine Anhöhe hinauf. Ob sie meine zweite Botschaft schon erhalten hatte? Ob sie die erste entschlüsselt hatte? Ich wusste es nicht, doch die Neugier brannte unter meinen Fingernägeln. Gott würde mich aufhalten, wenn sie die Falsche wäre. Er würde mich zu sich nehmen, mich hier erlösen, und an seiner Seite würde ich alles lernen, was für mich wichtig wäre.

Ich starrte auf die Bäume, die den kleinen Bach eingrenzten. Es war windstill draußen. Kein Blatt rührte sich. Es war der Augenblick, da war ich mir sicher. Ich war auf dem richtigen Weg. Das war ein Zeichen Gottes. Es war sein Wille, und sein Wille geschehe.

15

Vor drei Tagen

Lena öffnete ihre Augen. Im ersten Moment dachte sie an einen schlechten Traum. Eine Art Nebel hatte sich vor ihren Augen gebildet, der nach und nach verschwand. Sie saß auf einem Stuhl, gefesselt an Händen und Füßen. Über ihrem Mund klebte ein Klebeband. Sie drehte ihren Kopf zuerst nach links, dann nach rechts. Ein wenig Mondlicht schien durch die halb geschlossenen Jalousien in den Raum.

»Hilfe«, versuchte sie zu schreien, doch hörte sich dieses Hilfe nicht so an, wie sie es gern gehabt hätte. Es klang eher nach »Hmmpfe«, und das sehr stark gedämpft.

Der erste Gedanke, der ihr durchs Hirn schoss, war, wie doof sie doch gewesen war. Wie hatte sie bloß glauben können, dass dieser Typ tatsächlich auf sie stand? Er sah verdammt gut aus, verdammt sexy, und sie ... sie war ein Mauerblümchen an der Friedhofswand. Genauso trostlos. Sie bewegte ihre Füße und zerrte an ihren Fesseln, das Panzerband hielt allerdings, was die Erfinder in der Werbung versprachen: »Stärker als Stahl!« Erst vor Kurzem hatte sie einen Bericht bei Galileo darüber gesehen. Und da hatte sie noch über diesen Werbetext gelacht. Nun war ihr nicht mehr zum Lachen zumute.

Sie ließ den Nachmittag nochmals Revue passieren. *Er muss mir ein Schlafmittel oder vielleicht sogar K.-o.-Tropfen verabreicht haben.* Sie blickte an sich herunter und bemerkte, dass sie ein weißes Kleid trug. Am Saum hatte es einen Spitzeneinsatz mit kleinen weißen Perlen. Um ihre Hüfte war eine weiße Schleife gebunden. Und ihre Oberarme umrahmten Puffärmel, ebenfalls mit Spitzeneinsatz.

Was soll denn das?, dachte Lena und starrte auf das Kleid. *Hat der Scheißkerl mich ausgezogen und in dieses nach Mottenkugeln stinkende Teil gesteckt?*

Doch wo waren ihre Sachen? Sie musste dringend hier raus. Sie versuchte, ihr

Hinterteil in die Höhe zu strecken, doch verharrte mitten in der Bewegung.

Verdammt! Da ist ein Loch im Stuhl, und ich habe keine Unterwäsche an. Hat er mich etwa vergew…

Weiter kamen ihre Gedanken nicht, denn eine bittere Träne rann ihr die Wange hinunter. Ihr Kopf sank in Richtung Boden, und das Gefühl des Ausgeliefertseins überfiel sie wie ein Tiger, der seine Beute in die Fänge bekam und mit einem Biss tötete. Hoffnungslosigkeit legte sich wie ein Schleier um sie und hüllte sie vollständig in sich ein. Die Schritte, die sie hörte, waren wie Stromstöße, die ihren Körper in den Kampfmodus versetzten. Allerdings fragte sie sich, wie sie in ihrem Zustand wohl einen Sieg erringen konnte, war ihr Gegner ihr doch haushoch überlegen.

Die Tür flog auf, und eine Frau stand im Türrahmen. Zuerst erkannte sie nur schemenhaft ihre Umrisse. Doch als die Unbekannte im Zimmer eine Kerze nach der anderen anzündete, setzte der nächste Schock ein, denn sie sah, dass diese Frau ihre Kleidung trug. Es war ihr dunkelblauer Faltenrock und ihre Bluse. Definitiv. Sogar der Button mit dem kleinen Smiley darauf prangte noch am Rüschenausschnitt. Wie paralysiert starrte sie darauf und fand das Lächeln, das sie freudig anstrahlte, in dieser Situation sehr grotesk. Es war *ihr*

Glücksbringer. Ihrer und nicht der von diesem abartigen Monster vor ihr.

»Na? Wie ich sehe, bist du wieder wach! Alles gut bei dir?«, fragte die Frau und beugte sich zu ihr herab.

Vielleicht war es die Stimme oder der Duft des Parfums, der ihr soeben in die Nase stieg, was Lena irritierte. Nein, das musste sie sich einbilden. Das konnte alles nicht wahr sein. Sie musste nur ihre Augen schließen, tief durchatmen, und dann würde sie zu Hause in ihrem Bett aufwachen. Lena schloss für einen Moment die Augen, doch schon währenddessen ging der Albtraum um sie herum weiter, und sie hörte das blecherne Schleifen der Schüssel, die unter ihrem Stuhl weggezogen wurde.

Lena würde nicht einfach so aufwachen. Es war die nackte Realität, die wie ein Kartenhaus zusammenstürzte und sie unter sich begrub. Sie überlegte fieberhaft, wie sie aus dieser Situation wieder heil herauskommen könnte. *Moment,* dachte sie, *wie war das noch mal mit den Psychopathen? Ich muss meinen Namen sagen. Machen das nicht die Opfer in den Krimis, damit sie den Täter aus der Bahn werfen können? Oder er bringt mich gleich um, weil ich meinen Mund nicht halte und nicht in sein krankes Spiel passe, das er sich ausgedacht hat.*

Doch alle Überlegungen nutzten nichts, denn das Klebeband würde jeden Laut aus ihrem Mund verhindern. Die fremde Frau kam ganz nah an ihr Gesicht heran und lächelte Lena freundlich an. »Du bist eine, die ich auserwählt habe. Du darfst dich glücklich schätzen. Du bist mein Geschenk.«

Lena hörte die Worte, und es kam ihr vor, als würde soeben ein tonnenschwerer Felsbrocken auf ihrem Brustkorb landen und ihr die Eingeweide aus dem Körper drücken. So sehr raubte es ihr den Atem. Sie schnaufte schwer durch die Nase. *Er ist es! Er hat sich meine Sachen angezogen, eine Perücke mit dunkelbraunen langen Haaren aufgesetzt. Und jetzt quasselt er etwas von ›auserwählt‹ und ›Geschenk‹. Will er mich etwa verkaufen? Menschenhandel? Prostitution? Der Kerl hat sie doch nicht alle!*

Sie erinnerte sich schmerzlich an ihre Kennenlernphase. Nur durch puren Zufall hatte sie sich bei dieser Online-Dating-Börse angemeldet. Mehr aus Jux und Tollerei. Doch nach den ersten Chats mit Männern, die ihr gleich ihren Schwanz zeigen wollten, oder so ungustiösen Exemplaren, bei denen es kein Wunder war, dass sie Singles waren, hatte er sich gemeldet. In sein Foto hatte sie sich auf Anhieb verliebt. Und erst seine Worte ... Abrupt stoppten ihre Gedanken. *Es ist zum Kotzen, ausgerechnet ich falle auf so einen herein.* Gelacht hatte sie über ihre Freundin Lissi, die ihr etwas von Serientätern erzählt hatte, die junge Frauen

55

verschleppten, vergewaltigten und ermordeten. »Man kann in niemanden hineinschauen!«, waren ihre warnenden Worte gewesen. Oh ja, wie recht sie hatte!

»Wir werden dich jetzt einmal schön machen, was hältst du davon? Deine Haare sind ganz zerzaust. Ich werde sie dir kämmen.«

Lena spürte den leichten Schmerz, den die Haarbürste auf ihrer Kopfhaut hinterließ. Sie schluchzte, als ihr klar wurde, dass *auserwählt* und *Geschenk* wohl *tot* bedeutete. Nie wieder würde sie aus den Fängen dieses Irren entkommen. Zuerst das leise Ratschgeräusch, als die Bürste durch ihr Haar glitt, dann folgte die sanfte Berührung der Hand, die das Haar glatt strich. Geräusch – Berührung, Geräusch – Berührung …

16

Vor fünf Jahren

»Aber«, sagte Bernhard und schaute den Polizisten an, der ihm am Tisch in der Polizeistation Seiersberg gegenübersaß. Der war mit Sicherheit zwanzig Jahre jünger als Bernhard, spielte sich aber auf, als wäre er der Platzhirsch. »Ich habe Ihnen doch gerade gesagt, dass ich gestern Nacht überfallen wurde. Und ich hab einen Stuhl über den Rücken gezogen bekommen, sodass ich erst heute früh wieder aus der Bewusstlosigkeit aufgewacht bin. Und da! Da, sehen Sie!« Bernhard deutete auf eine rote Stelle an seinem Hals. »Hier hat der Einbrecher mich sogar betäubt!«

Erst jetzt sah Bernhard, dass auf dem Hemd des Uniformierten der Name Klausner stand. Das war bis jetzt für ihn auch nicht wichtig gewesen, doch nun fiel es ihm wieder ein. Er war einer der beiden Polizisten, die gestern Abend bei ihm gewesen waren und in dem verlassenen Haus nach dem Rechten gesehen hatten. Das mit dem Gesichter-Merken hatte er noch nie so draufgehabt. Da waren Schwierigkeiten vorprogrammiert.

Klausner sah für eine Millisekunde auf den roten kleinen Fleck an Bernhards Hals und wandte seinen Blick wieder auf das

Formular, das vor ihm lag. »Herr Schmied. Da ist nichts Besonderes an Ihrem Hals. Also, was wurde in Ihrer Wohnung gestohlen?« Klausner hielt seinen Kugelschreiber über ein leeres Feld auf dem Formular.

»Nichts. Auch das habe ich Ihnen schon gesagt. Hören Sie mir überhaupt zu?« Bernhard sprang auf, und Klausner schaute zu ihm auf.

»Herr Schmied. Bitte setzen Sie sich wieder hin. So kann ich Ihre Aussage nicht aufnehmen.«

»Das war sicher die kleine Schlampe, die ich mir gestern ins Haus geholt habe. Die war ihr Geld nicht wert, das müssen Sie mir glauben.«

»Und wie hieß die Prostituierte?«, fragte Klausner und stieß einen Seufzer aus.

»Woher soll ich das denn wissen? Ich hab das Loch nicht nach seinem Namen gefragt. Oder es war der Typ von dem Haus, ich hab doch sein Gesicht gesehen. Er stand am Fenster. Das habe ich Ihnen doch schon alles erzählt. Der war sicher stinksauer, dass ich Sie abends zu ihm geschickt habe.«

Klausner seufzte erneut und wies Bernhard mit einem Wink an, sich wieder auf den Stuhl zu setzen. Bernhard folgte der Anweisung, wenn auch widerwillig. Er verschränkte die Arme vor der Brust und lehnte sich zurück.

»Herr Schmied. Das Haus war leer. Da war niemand. Alle Möbel waren mit weißem Stoff abgedeckt. Auch die Tür war verschlossen, im Haus war kein Licht. Ich denke, Sie haben sich das nur eingebildet, diese Frau gesehen zu haben. Das kann schon mal passieren. Vielleicht war es auch nur der Blitz, der Ihren Augen etwas vorgegaukelt hat.«

»Ich werde mich beschweren über Sie. Ich weiß, was ich gesehen habe. Und was machen wir jetzt wegen dem Überfall? Wollen Sie nicht die Spurensicherung zu mir in die Wohnung schicken?«

»Herr Schmied, kann es sein, dass Sie gestern ein wenig zu tief ins Glas geschaut haben?« Klausner sah ihm direkt in die Augen.

Bernhard konnte kaum glauben, was der Uniformierte da von sich gab. Zuerst wurde er beschuldigt, sich das alles eingebildet zu haben, und jetzt auch noch, dass er sich vielleicht selbst den Stuhl übergezogen hatte.

»Das ist doch wohl unerhört, was Sie sich einbilden! Wie ich sehe, ist die Polizei wohl nicht *mein* Freund und Helfer.« Mit diesen Worten stand er auf und verließ das Polizeirevier. Klausner ließ ihn einfach gehen. Klar, in seinen Augen war er doch nur ein Säufer, der einen zu viel über den Durst getrunken hatte. Ein arbeitsloser Säufer.

Bernhard stieg in sein Auto ein und schlug mit den Fäusten auf das Lenkrad ein.

»Das ist alles eine verdammte Scheiße!«

Wut breitete sich in seinem Körper aus wie das Gift einer Kobra, das sich durch seine Venen schlängelte. Wut auf die Polizei. Wut auf die Hure. Und noch mehr Wut auf sich, da er selbst daran Schuld hatte, was ihm angetan wurde. Wenn er doch bloß die Nutte nicht mit nach Hause genommen hätte. Sie hätte es ihm auch im Auto besorgen können, dann wäre das alles nicht passiert.

Ich muss diese Schlampe finden. Sie ist der Auslöser, mit ihr hat meine Pechsträhne angefangen. Das ist wie ein Fluch, den diese Hexe mir auferlegt hat.

Doch um diese Uhrzeit würde er sie vermutlich nicht an ihrem Arbeitsplatz antreffen, dafür war es noch zu früh. Und jetzt, mittags, auf das Arbeitsamt zu fahren, darauf hatte er erst recht keine Lust. Das würde er dann morgen machen. Für heute hatte er eindeutig die Schnauze voll.

»Jetzt erst mal was zu essen kaufen, und dann werde ich mich hoffentlich besser fühlen.« Er startete das Auto, fuhr zum nächstbesten Supermarkt und kaufte dort Spaghetti, frisches Gehacktes von der Fleischtheke, Tomaten, Zwiebeln und Knoblauch für eine selbstgemachte Bolognese ein. Auch ein Bund Oregano kam in seinen Einkaufswagen. Das Wasser rann ihm im Mund zusammen, als er nur daran dachte. Das Rezept war ein altes Familienrezept, das von Generation zu Generation weitergegeben und gegebenenfalls verfeinert und modernisiert wurde. Seine Großmutter hatte ihm erzählt, als er noch ein kleiner Junge war, dass dieses Rezept von ihrer Großmutter stamme, die es wiederum von ihrer Großmutter übernommen habe. »Ach, Oma«, murmelte er und gab seinen Einkauf auf das Förderband. Ein missmutiger Blick traf ihn von der Kassiererin. »Auch einen Scheißtag, was?«, sagte Bernhard und schenkte der Frau ein Lächeln. Diese nickte nur, verzog aber sonst keine Miene.

Wenig später war Bernhard wieder in seiner Wohnung, und mittlerweile roch es köstlich. Er liebte es, selbst zu kochen. Leider kam er berufsbedingt nur selten dazu, aber das würde sich jetzt ändern. Er würde sich ändern. Ein anderer Beruf musste her. Die jahrzehntelange Schufterei musste ein Ende haben. Er wollte endlich sesshaft werden, und das würde hier doch gut passen mit seinem Eigenheim. Auch seiner Sucht nach Alkohol und billigem Sex wollte er den Rücken kehren.

Die Türklingel schrillte laut, und Bernhard schrak auf und ließ den Kochlöffel fallen, der prompt in die Sauce plumpste. Rote Spritzer flogen umher und

verwandelten die Küche in ein Schlachtfeld.
Auch Bernhard bekam einige ab. Er rannte
zur Tür, riss sie auf, doch da war niemand.
Dabei hätte er doch schwören können ...

17

Gegenwart

Helga überlegte fieberhaft, was diese
Botschaft wohl zu bedeuten hatte, während
sie Daisy die Leine anlegte. Ihr Fuß hatte
sich mittlerweile beruhigt, die Schwellung
war zurückgegangen. Somit stand dem
Spaziergang durch die neue Nachbarschaft
nichts mehr im Wege, und ihr würde es
guttun, ein wenig an die frische Luft zu
kommen, um die Gedanken zu verdrängen.
Sie schnappte sich noch den Schlüssel, bevor
sie mit Daisy das Haus verließ. Sie wollte
eine Runde um die Wohnblocks machen und
ein Stück in den Wald gehen.

Helga überquerte den großen Parkplatz
vor ihrem Haus, da überkam sie ein Gefühl,
dass sie beobachtet wurde. Sie schaute sich
nach allen Richtungen um, doch da war
niemand. Nicht mal ein Auto parkte hier.

»Jetzt werde ich auch noch paranoid.« Helga schaute zu Daisy, die, als wäre es eine Antwort, zu bellen begann. »Ja, ist gut, mein Mädchen. Wir gehen ja schon.«

Wenige Schritte weiter kamen sie am nächsten Block an. Dieser bestand aus drei Wohnungen in der oberen Etage und dreien im Erdgeschoss und hatte ein offenes Treppenhaus. Auch die anderen vier Wohnblocks, an denen sie vorbeiging, sahen gleich aus.

Sie ließ Daisy von der Leine, als die beiden quer über das freie Feld gingen. Die Waldluft roch frisch, und die drückende Hitze, die in der Siedlung fast unerträglich war, wurde hier von den Bäumen abgefangen.

»Lauf schon, Daisy«, rief sie, und Daisy ließ sich das nicht zweimal sagen und verschwand Sekunden später im dichten Wald. Helga blickte sich um und erkannte in der Ferne wieder dieses Haus, das einsam, umringt von der Hecke, am Waldrand stand. *Wer da wohl wohnt?*, fragte sie sich und schwor, dies so bald wie möglich herauszufinden. Vielleicht würde sie einen Kuchen backen und als Geschenk vorbeibringen. Also, als Vorwand natürlich.

Daisy bellte laut. Irgendwo im Wald. Helga konnte sie nicht sehen und rief: »Daisy! Hier!«

Einen Augenaufschlag später sah sie ihre Hündin, die fast ohne den Boden zu berühren auf sie zukam. Als sie mit heraushängender Zunge vor ihr stehen blieb, strich Helga ihr zur Belohnung über den Kopf.

»Braves Mädchen. Was war denn los? Hast du eine Katze entdeckt, die du jagen wolltest?«

Daisy bellte und sprang auf und ab.

»Genug jetzt. Wir gehen später noch mal, okay? Es ist zu heiß, um zu spielen.«

Daisy bellte noch immer und rannte aufgeregt in Richtung Wald zurück.

»Daisy! Hier! Komm, bei Fuß!«, schrie Helga. Und Daisy machte kehrt, ließ sich von Helga die Leine anlegen und trottete neben ihr her.

Wieder beim letzten Wohnblock angekommen, hörte Helga ein Klopfen. Gleich darauf sah sie eine junge Frau, die ihren Teppich an einer Stange reinigte. Ihre roten Locken flogen im Takt mit. Der Staub flimmerte in der Luft.

»Hallo«, sagte Helga. »Ich bin neu hier. Mein Name ist Helga Körner. Und Sie sind?« Helga streckte ihr die Hand entgegen, und die Frau ergriff sie.

»Hallo. Ich bin Susann. Susann Winter. Schön, dass wir uns kennenlernen. Wo genau wohnen Sie?«

»Ganz vorne in dem rechten Reihenhaus. Und Sie?« Helga hatte ein Lächeln auf den Lippen. Nachbarschaftspflege war einfach wichtig. Doch Susann starrte sie mit großen Augen an.

»Ich ... ich muss in meine Wohnung. Mein ... mein Essen brennt an. Wir sehen uns.« Mit diesen Worten drehte sie sich um und verschwand in der linken Wohnung, die im Erdgeschoss lag. Helga blieb der Mund offen stehen.

Was ist denn nur los mit den Österreichern? Sind die alle bekloppt? Zuerst der Typ mit der Nachricht, dann diese Botschaft in meiner Hosentasche und nun auch noch eine Nachbarin, die vor mir flüchtet. Das kann hier ja noch heiter werden.

Helga rannte im Laufschritt zu ihrem Haus zurück. Für den Moment hatte sie genug von den Menschen hier. Sie schaute nicht nach links und rechts. Einfach nur nach Hause. Am besten zurück nach Deutschland. Zurück in den Kreis ihrer Familie. Zu ihren Töchtern und bald auch Enkelkindern. Helga schluckte den Kloß hinunter, der sich vor Heimweh in ihrer Kehle gebildet hatte.

Ich muss mich ablenken, dachte sie noch, erblickte die schwarze Rose auf ihrer Türmatte und blieb ruckartig stehen. Sie fasste sich mit beiden Händen an die Stirn und strich mit ihren Fingern von der Mitte nach außen. Das machte sie immer, wenn sie sich überfordert fühlte. Es musste sich hier um eine Verwechslung handeln. *Irgendwer*

65

*schickt Botschaften, die ich nicht
entschlüsseln kann, weil die eindeutig nicht
für mich sind.*

18

Vor fünf Jahren

»Was soll denn der Scheiß?«, fluchte
Bernhard und hob die weiße Rose auf, die auf
seiner Türmatte lag. Noch einmal schaute er
die Stufen hinunter, doch da war niemand zu
sehen. »Wer erlaubt sich mit mir einen
Scherz?«

Ein Schmerz durchzuckte seinen
Zeigefinger, und ein Blutstropfen quoll
heraus. Sofort steckte er den Finger in
seinen Mund. Jetzt hatte er sich auch noch
an einem Dorn gestochen. *Das Pech verfolgt
mich auf Schritt und Tritt!*

Voller Zorn pfefferte er die Rose in den
Vorraum. Die Blütenblätter flogen wie wild
umher. Der grüne Stängel brach durch den
Aufprall entzwei. Kleine weiße Zettelstücke,
fast wie eine Art Puzzle, lagen auf dem
Boden verstreut zwischen den Überbleibseln
der Rose. Jeder Zettel war ein Buchstabe,
vermutlich ausgeschnitten aus einer

Zeitung. Gebannt starrte Bernhard darauf. Er konnte nicht fassen, was er da sah. Wer um alles in der Welt wollte mit ihm sein Spielchen treiben? Er ging in die Hocke und hob Buchstabe für Buchstabe auf und legte sie in seiner Handfläche ab. Dann setzte er sich an den kleinen Küchentisch und sortierte sie. Den Zettel mit dem Fragezeichen legte er vorerst zur Seite.

»Okay. Also die Großbuchstaben sind vermutlich die Wortanfänge.« Somit schob er das B, das D, das O und das S untereinander. Jeder dieser Buchstaben hatte eine Zahl von eins bis vier an der oberen rechten Seite. Also war für ihn klar, in welcher Reihenfolge er die Großbuchstaben hinlegen musste. Die restlichen Buchstaben sortierte er nach dem Alphabet. Doch auch das brachte ihn nicht weiter. Da Geduld noch nie seine Stärke gewesen war, dauerte es nur Minuten, bis seine Faust auf den Tisch donnerte und er fluchend von sich gab: »Das ist so eine gequirlte Hühnerkacke! Bei so was war ich noch nie gut.«

Die Buchstaben stoben auseinander von dem Luftzug, ein paar davon drehten sich um die eigene Achse. Bernhard atmete tief durch. Er musste dieses Rätsel lösen, wer wusste schon, was dahintersteckte? Nach ein paar Atemzügen hatte er sich wieder beruhigt und begann, die einzelnen Buchstaben neben den Großbuchstaben hin und her zu schieben. Schon nach kurzer Zeit hatte er die Worte ›Bist Du‹ zusammen. Nun grübelte er, ob es das Wort ›Sühne‹ gab. Doch als er das kleine ›h‹ neben das ›O‹ schob, war klar, was diese Frage bedeuten sollte. ›Bist Du Ohne Sünde?‹ stand als Botschaft da.

»Äh … nein«, antwortete er automatisch, und schon im nächsten Augenblick dachte er, wie doof er doch war, dass er diese Frage beantwortete. Sein Blick wanderte zum Kochfeld. Das Wasser im Topf dampfte nicht mehr, und die Nudel darin waren vermutlich zerkocht, so lange wie sie im Salzwasser lagen. Sein Magen knurrte wie auf Befehl. Bernhard stand auf, nahm den Kochtopf zur Hand, ging damit auf die Toilette und schüttete den Inhalt in die Klomuschel. Zurück in der Küche setzte er erneut Wasser auf den Herd. Neue Nudeln mussten gekocht werden. Zu viel Zeit hatte er mit diesem Buchstabenquatsch verbracht.

Und doch fragte er sich, wer wohl hinter diesem Schwachsinn steckte. Und vor allem, was das alles brachte. *Das kleine Miststück von gestern Abend. Die wird hinter diesem Psychoscheiß stecken.*

»Dir werd ich es zeigen. Niemand, auch wirklich niemand, verarscht mich, ohne dass ich ihn in den Hintern ficke.«
***

Es war schon später Abend, als Bernhard sein Haus verließ. Heute am Nachmittag hatte er alles geputzt. Blitzblank. Jede Hausfrau wäre blass geworden vor Neid. Es gab kein Staubkörnchen mehr in seinen vier Wänden. Und nun würde er die Nutte finden, damit diese Scheiße, die da bei ihm ablief, endlich ein Ende hatte. Zur Not würde er ihr auch ihr restliches Geld geben. Hauptsache, sie hörte endlich mit diesen Psychospielchen auf.

Wenige Minuten später war er an der dunklen Ecke in Straßgang angekommen, an der er sie gestern aufgegabelt hatte. Doch außer einer dürren Gestalt – vermutlich eine männliche Hure –, die dort herumlungerte, war niemand zu sehen.

Vielleicht bin ich noch zu früh, dachte er und suchte sich einen Parkplatz, von dem er aus dem Auto heraus die Stelle gut beobachten konnte. Er lehnte sich im Fahrersitz zurück, zündete sich eine Zigarette an und starrte ins Leere.

›*Bist Du Ohne Sünde?*‹ – dieser Satz kam ihm immer und immer wieder in den Sinn. Was hatte das bloß zu bedeuten? Und auch diese Buchstaben-Zahlen-Kombination, die er heute in der Früh gefunden hatte – was wollte sie ihm damit sagen?

All diese Gedanken gingen ihm durch den Kopf, und erst als er das blonde Püppchen mit der aufgepumpten Oberweite sah, war er wieder in der Realität angelangt. Rasend vor Wut stieg er aus seinem Wagen aus und rannte auf die andere Straßenseite. Ein Hupkonzert der Autos, denen er direkt vor die Motorhaube lief, begleitete ihn. Schnurstracks lief er an der in einen Minirock gequetschten männlichen Hure vorbei und kam atemlos bei der Blondine an. Sie hatte ihm den Rücken zugewandt und zog soeben ihren Minirock noch etwas weiter in die Höhe, um ihre elendslangen Beine besser zur Schau stellen zu können. Er packte sie an ihren Schultern und drehte sie zu sich um. Sie schrie auf und wehrte sich mit den Händen, doch im selben Moment erkannte sie ihn. Ein Lächeln huschte ihr über die Lippen.

»Na, Cowboy? Willst du mich heute wieder um mein wohlverdientes Geld bringen?«

»Warum machst du das, du Hexe?«, fragte Bernhard und spürte den Schmerz, der in seinen Rücken fuhr. Irgendjemand musste ihn getreten haben. Er fuhr herum und sah diese dürre Gestalt von vorhin, die sich vor ihm aufstellte, die Beine leicht gebeugt und die Hände zu Fäusten geballt. Bernhard schmunzelte und sagte: »Na, du Kampfsoletti mit Salz auf den Beinen. Was willst du denn von mir? Mach dich vom Acker. Die Schlampe und ich haben etwas Wichtiges zu besprechen.«

Eine tiefe Männerstimme erklang. »Ich geh nirgendwohin. Lass die Lady los.«

»Du bist nicht Superman. Und eine Lady seh ich hier auch nicht. Also, verschwinde!«

»Ist schon gut, Lolita. Ich werd mit dem Kerl schon fertig«, sagte das Blondchen und schüttelte Bernhards festen Griff von ihrer Schulter. »Was willst du? Bei dir nur noch mit Vorkasse! Nochmals fall ich auf deinen Trick nicht herein.«

»Ich will dich nicht ficken. Ich will, dass du mit deinen Psychospielen aufhörst!«, schnaubte Bernhard.

»Welche Pillen hast du denn geschluckt? Ich hab keine Ahnung, wovon du sprichst.«

19

Vor drei Tagen

»Ich werde Mutter berichten, dass du aufgewacht bist. Sie wird sich freuen, dich endlich wiedersehen zu dürfen.« Mit diesen Worten verließ der Psycho das Zimmer, und Lena blieb zurück. Allein mit ihrer Gedankenwelt, die ihr mehr Schaudern brachte als Beruhigung. Saß da draußen nun wirklich eine Mutter? Seine Mutter? Vielleicht mit Stricknadeln in der Hand. Klipp – klapp. Und strickte für ihre Sohn-Tochter einen Pullover? Oder Socken?

Scheiße, dachte sie. *Ich muss hier raus.* Wieder riss sie an ihren Fesseln, doch diese lockerten sich nicht. Der Stuhl knarrte unter ihr. Vielleicht konnte sie ihn zerstören, indem sie sich hin und her bewegte? Sofort legte sie ihr ganzes Gewicht auf die rechte und kurz darauf auf die linke Seite, doch der Stuhl blieb heil, nur das Knarren hielt an. Noch ein fester Ruck auf die rechte Seite, dann wieder auf die linke. Der Stuhl schwankte. Knarrte laut wie ein wilder Tiger. Mit aller Kraft stemmte sie sich auf die rechte Seite. Der Stuhl schwankte mit ihr, und genau in dem Moment, als sie glaubte, sie wäre auf dem richtigen Weg, verlor sie den Halt, und ihre Schulter krachte schmerzhaft auf den Boden. Der Knall hallte an den Wänden wider.

Ich bin so eine doofe Kuh. Jetzt lieg ich hier wie ein Käfer auf dem Rücken, und trotz aller Anstrengung kann ich mich nicht befreien.

Der Stuhl war heil geblieben und klebte an ihr wie eine zweite Haut. Die Tür schwang mit einem Schlag auf. Er stand da und starrte sie an. Tränen stiegen Lena in die Augen. Vermutlich war er jetzt wütend, sehr wütend.

Er schritt auf sie zu, riss sie an ihren Haaren hoch und murmelte: »So verdamme ich dich auch nicht; gehe hin und sündige hinfort nicht mehr.«

Lena glaubte in diesem Moment, ihre Kopfhaut würde sich ablösen, und schrie, was ihre Kräfte hergaben. Nur das Klebeband dämpfte ihre Schreie.

»Sei still, Weib!«, fuhr er sie an und stellte sie mit dem Stuhl wieder auf.

Doch Lena konnte sich nicht beruhigen. Ihr Verstand wusste, sie musste still sein, doch ihr Körper reagierte anders. Ein kalter Schwall durchfuhr sie und brachte ihren gesamten Körper zum Zittern. Die Angst formierte sich in ihr. Schreie drangen aus ihrer Seele. Sie wollte aus dem Gefängnis hier ausbrechen, weg von alledem. Zurück in ihre Wohnung. Zurück ins Leben.

Johannes nahm ihren Kopf in seine Hände und schüttelte ihn kräftig. Er schrie ihr die

Worte entgegen, und Lena verstummte sogleich: »So verdamme ich dich auch nicht; gehe hin und sündige hinfort nicht mehr!«

Was? Was sagt er da? Was will der Irre von mir? Ungläubig blickte sie ihn an. Das blecherne Klirren der Schüssel erklang. Er hatte sie wieder unter den Stuhl gestellt. Nie im Leben würde sie ihm den Gefallen tun, dort hineinzupinkeln. Vorher würde ihre Blase explodieren.

»Du hast so eine reine Seele, Lou. Ich liebe dich doch und möchte dir nicht wehtun. Mach es dir doch bequem. Ich werde dir nun Essen kochen. Und ein wenig später lese ich dir eine Geschichte vor. So wie ich es immer schon für dich getan habe.« Johannes' Stimme klang so zart, und ein Lächeln zierte sein Gesicht. Er drückte Lena einen Kuss auf die Stirn.

Sie bewegte sich nicht. Sie konnte nicht. Starr wie ein Stück Holz! Ihr Körper wurde bei seinen Worten in einen Schockzustand versetzt, fast so als wäre sie schon tot. Die Bewegungsunfähigkeit löste sich erst, als sie das Klicken der Tür hörte, die geschlossen wurde.

»So wie ich es immer schon für dich getan habe«, klang es wie ein Echo in ihrem Kopf. *Immer schon! Verdammt. Es gab mehrere Opfer vor mir.* Oder zumindest eines, das seinem kranken Gehirn nicht mehr das hatte bieten können, was er wollte. Sie musste sein

Spiel mitspielen. Sie musste, wenn sie überleben wollte. Genau in diesem Moment spürte sie Wärme, die in ihr aufstieg, und sogleich hörte sie es wie Wasser plätschern. *Verflucht! Das ist echt beknackt alles. Nicht mal mein Körper gehorcht mir mehr!*

Angestrengt dachte sie nach, sie musste sich dringend ablenken. Was wollte dieses Monster? Lena und diese Lou mussten eins werden. Sie musste mit ihr fühlen. Lena war tot, und Lou lebte. Sie beschloss, ruhig sitzen zu bleiben und zu warten. Ein Geruch nach frisch Gekochtem drang unter dem Türschlitz hindurch. Bald würde er wiederkommen. Und dann begann die Show. Nur für ihn.

20

Gegenwart

Keine Ahnung, wie lange ich bereits auf dem Sofa gesessen und die alten Fotoalben durchstöbert hatte. Ich war gedanklich gefesselt an eine Zeit, die die schönste meines Lebens gewesen war. Soeben erblickte ich das Bild, auf dem auch Lou zu sehen war. Meine Lou, mit ihren blonden langen Haaren und ihren grünen Augen. Sie war mein Mädchen. Ich dachte an die schöne Zeit zurück. An meine Kindheit. Mit Lou konnte ich mich in Welten flüchten, die anderen verborgen blieben. Nur sie und ich. Allein gegen den Rest der Welt.

Allein die Abenteuer, die wir miteinander erlebt hatten. Und die vielen Stunden am See, in denen wir quatschten und lachten. Sie war meine beste Freundin, meine Seelenverwandte.

Ich strich über ihre zarten Gesichtszüge. Auch Mutter lächelte auf diesem Foto. Auch sie war mit Lou glücklich.

Und jetzt ... jetzt war Lou wieder da. Nach langer Zeit, genau richtig zum Fest!

21

Gegenwart

Helga hob die Rose auf, die auf ihrer Türmatte lag. *Das kann doch alles nur eine Verwechslung sein. Da bin ich mir ganz sicher.*

Soeben wollte sie kehrtmachen und die Rose entsorgen, doch da sah sie, dass eine Nachricht zwischen den Blütenblättern steckte. Mit spitzen Fingern griff sie in die Blüte. Genau in diesem Moment fing Daisy an zu bellen. Helga erschrak fürchterlich, und ihr Herz wummerte gegen ihren Brustkorb.

»Daisy, aus!«

Doch sie bellte weiter und sprang vor der Haustür auf und ab.

»Ist ja schon gut. Wir gehen ja rein. Du hast sicher Durst.« Helga zog ihren Schlüssel hervor und öffnete die Tür. Drinnen herrschte angenehme Kühle, und Helga entspannte sich ein wenig. Das war derzeit alles zu viel auf einmal, fand sie. Sie nahm Daisy die Leine ab und setzte sich auf die Couch.

Das Papier war alt und vergilbt. ›Bist Du Ohne Sünde?‹ stand da geschrieben. Es sah aus wie die krakelige Schrift eines Volksschülers.

»Was soll denn das? Will mich hier jemand verarschen? Das kann doch wohl nicht wahr sein!« Sie ließ den Zettel auf den Tisch fallen. Was sollte das nun wieder bedeuten? Sie hatte es doch noch nicht mal geschafft, die erste Botschaft zu entschlüsseln, und jetzt kam schon die nächste. *Ich muss Frank davon erzählen.* Wild entschlossen griff sie zum Telefon und wählte seine Nummer, doch er nahm das Gespräch nicht entgegen. *Vermutlich ist er in einem Meeting und wird sich später melden,* dachte sie, als sie die Stimme auf der Mailbox hörte.

Ich muss mich dringend ablenken. So stand sie auf, ließ die beiden Zettel auf dem Wohnzimmertisch liegen und räumte den nächsten Karton aus. Doch in der ganzen Zeit überlegte sie, wer wohl dahintersteckte, und vor allem, was er ihr mitteilen wollte.

Eine gute Stunde später läutete ihr Telefon. Sofort nahm sie das Gespräch entgegen. »Frank? Schatz! Ich muss dir was erzählen«, stammelte Helga.

»Was ist denn los? Warum bist du so außer dir?«

»Irgendetwas Seltsames geht hier vor. Ich bekomme Nachrichten von jemandem.«

»Nachrichten? Per Handy, oder was? Was steht da drin?« Nun war auch Frank angespannt. Das merkte sie daran, dass er leicht zu stottern begann.

»Nein, die erste Nachricht fand ich in meiner Hose, die ich gestern beim Laufen anhatte.«

»Wie bitte?«

»In der Tasche war eine Streichholzschachtel, in der ein Zettel war mit einer Buchstaben-Zahlen-Kombination. Vorher hatte hier noch ein Mann geklingelt, der wie ein Bettler aussah, und mich gefragt, ob ich sein Geschenk erhalten habe. Und jetzt, als ich vom Spaziergang mit Daisy zurückkam, fand ich eine schwarze Rose vor ...«

»Ich komme sofort nach Hause«, unterbrach Frank sie. »Du machst niemandem die Tür auf, okay? Warte bitte, bis ich da bin. Pass auf dich auf, mein Schatz.«

Mit diesen Worten war das Gespräch beendet. Helga seufzte. Der Neustart in Österreich warf seine dunklen Schatten auf sie. Hier wollte sie auf keinen Fall bleiben. Da würde sie irre werden.

***

»Ich denke, es ist besser, wenn wir die Polizei einschalten«, sagte Frank, als Helga ihm die ganze Geschichte erzählt hatte. Natürlich überlegte er ebenso, was diese Nachrichten bedeuten könnten. Doch auch er hatte keine Antwort.

»Und was willst du der Polizei sagen? Dass ich geheimnisvolle Botschaften bekomme?«

»Ja, aber irgendetwas müssen wir doch machen. Ich meine, ich kann dich doch nicht allein lassen. Wer weiß, was dieser Irre, der da draußen frei herumläuft, alles anstellt.«

»Du kannst aber nicht zu Hause bleiben. Das ist nicht möglich. Schließlich hast du gerade erst deinen Job angefangen. Was willst du denn sagen?«

»Ich werde mir etwas einfallen lassen«, sagte Frank fest entschlossen.

»Nein, kommt nicht infrage. Du gehst zur Arbeit. Wir brauchen das Geld.«

»So«, sagte Frank und erhob sich vom Sofa. »Jetzt werden wir der Nachbarin mal einen Besuch abstatten und sie fragen, warum sie vor dir davongelaufen ist. Was hältst du davon?«

»Ich weiß nicht. Ich glaube, das ist keine sehr gute Idee. Sie wird schon ihre Gründe haben, warum sie verschwunden ist.«

»Wer sollte denn vor dir Angst haben?«, sagte Frank und lächelte. Er gab Helga einen Kuss auf den Mund. »Wir nehmen eine Flasche Wein mit. Komm!« Er streckte ihr seine Hand entgegen. Helga stand auf und ergriff sie. Sofort überkam sie ein Gefühl der Sicherheit. Mit ihm an ihrer Seite konnte ihr nichts passieren.

Schon nach wenigen Minuten hatten die beiden ihr Ziel erreicht. Doch als sie läuteten, öffnete niemand. Frank versuchte es noch ein zweites Mal. Doch auch dieses Mal blieb die Tür verschlossen.

»Vielleicht ist sie zur Arbeit gegangen«, sagte er. »Wir werden es einfach morgen nochmals probieren, was meinst du?«

Helga nickte.

Genau in diesem Moment öffnete sich die Tür der Nachbarwohnung. »Wer sind Sie, und was wollen Sie von Susann?« Die Frau, die ihren Kopf heraussteckte, hatte ihre grauen Haare zu einem langen Zopf geflochten, der an der Vorderseite ihres Körpers herunterhing.

Frank ging einen Schritt auf sie zu. »Hallo. Wir sind die neuen Nachbarn. Wir wollten uns vorstellen. Ich bin Frank Körner, und das ist meine Frau Helga.«

Die Frau trat ein Stück heraus ins Freie und beäugte die beiden genau, bevor sie sprach. »Aha, die Neuen also. Na, dann hoffe ich mal, dass Sie mehr Glück haben als die vorherigen Besitzer.«

»Wie meinen Sie das?«, fragte Helga.

»Was haben Sie gesagt? Sie müssen etwas lauter mit mir sprechen. Ich höre schlecht.«

Helga wiederholte, was sie gesagt hatte.

Die alte Frau lachte. »Ach so, alles klar. Ihr seid nicht aus dieser Gegend hier, wie ich eurem Dialekt entnehme.«

Helga brauchte einen Moment, um zu überlegen. »Was soll das heißen? Es tut mir leid, aber ich kann Ihrem Gedankengang nicht folgen.«

»Dass ihr nicht wissen könnt, was hier passiert ist. Furchtbare Sache. Es ist der Fluch, der auf diesem Haus da vorne liegt.«

»Ein Fluch?«, fragte Frank und schüttelte ungläubig seinen Kopf.

»Ja, die Zeitungen waren voll davon. Alles begann vor fünfzehn Jahren, als dieser Teufel seine Frau und seine Kinder umgebracht hat.«

»Sie meinen, in dem Haus, in das wir jetzt gerade eingezogen sind, wurde jemand umgebracht?« Helga schaute ängstlich zu ihrem Mann.

»Nein, da wurde keiner umgebracht.« Die alte Frau lächelte geheimnisvoll und zeigte auf das einzelne Haus am Waldrand. »Dort. Und irgendwie ist dieser Fluch wohl auf das Haus da vorne übergesprungen. Anders kann ich mir das nicht erklären.«

»Aber … aber Sie sagten doch gerade, dass in unserem Haus keiner umgebracht wurde.«

»Alle, die dort jemals wohnten, wurden verrückt. Versteht ihr? Die sind alle durchgedreht. Zumindest wird das so erzählt.«

»Aha«, sagte Frank. Zu mehr fehlten ihm wohl die Worte. Helga blieb gleich ganz stumm.

»Ich muss jetzt wieder reingehen. Meine Sendung fängt gleich an. Wisst ihr, ich schaue jeden Tag *Unter uns*. Noch nie habe ich eine Folge verpasst.« Mit diesen Worten drehte sie sich um.

Frank reagierte blitzschnell. »Können wir vielleicht später noch mal vorbeikommen, und Sie erzählen uns mehr von diesem Fluch?«

»Ihr jungen Dinger. Ihr habt doch das Internet. Da steht doch viel mehr drin, als ich alte Frau euch jemals erzählen könnte.« Sie lachte wieder, verschwand in der Wohnung und schloss die Tür hinter sich. Kurz darauf hörten die beiden die Titelmusik der Serie, die laut aus der Wohnung erklang.

Tausend Fragen schossen Helga durchs Hirn und vermutlich – zumindest dem Gesichtsausdruck nach zu urteilen – Frank auch.

22

Vor drei Tagen

Jetzt, genau jetzt, war der Moment gekommen, in dem sie zeigen musste, welche Kraft in ihr steckte. Die unzähligen *Finde-deine-innere-Stärke-* und *Liebe-dich-selbst-*Seminare, die sie im Laufe der Jahre besucht hatte – nun bot die Gelegenheit, alle klugen Ratschläge zu befolgen. Sie musste sich selbst beweisen, dass sie es schaffte.

Lena war fest entschlossen. Sie wollte Lou sein. Vielleicht würde Johannes sie losbinden, und sie hätte die Möglichkeit zu fliehen. Doch wenn man nichts über einen Menschen wusste, würde es schwer sein, in seine Rolle zu schlüpfen. Wie konnte sie bloß herausfinden, wer Lou war? Ohne dass sie ihn fragte, denn das wäre vermutlich der fatalste Fehler, den sie begehen konnte.

Sie hörte Schritte, die sich ihrem Zimmer näherten. Der Duft nach Kartoffeln und Käse wurde stärker. Das Schloss klickte, die Tür wurde geöffnet, und dann stand er da mit einem Tablett in der Hand. Johannes in Jeans und einem frischen T-Shirt. Er hatte sich eine Kochschürze umgebunden, auf der eine nackte Frau zu sehen war. Sollte vermutlich lustig sein, oder er hatte sie als Gag von seinen Freunden zum Geburtstag geschenkt bekommen. Aber hatte so ein Psycho überhaupt Freunde? Nur ganz kurz dachte sie darüber nach, denn auch sie hatte sich noch Stunden zuvor vorgestellt, dass er der Mann ihrer Träume wäre. Der Prinz, der sich mittlerweile in eine hässliche Kröte verwandelt hatte.

»Hast du Hunger, Lou?« Er war im Türrahmen stehen geblieben und musterte sie von oben bis unten.

Lena nickte. Obwohl sie keinerlei Hunger verspürte, musste er ihr, wenn sie essen sollte, das Klebeband vom Mund nehmen. Das würde sie als Gelegenheit nutzen, ihm seine »Lou« zu präsentieren.

Er stellte das Tablett auf dem Boden ab und kam nah an sie heran. »Das wird jetzt ein wenig wehtun«, sagte er, und im selben Moment riss er das Klebeband herunter.

Ihre Lippen brannten wie Feuer. Am liebsten hätte sie ihn angeschrien. Sie würde so zwar schneller diesem Gefängnis entkommen, aber dann in einem Sack, oder ohne Sack, irgendwo im Wald begraben. Wilde Tiere würden ... Sie schluckte ihre Gedanken hinunter. »Es hat nicht so wehgetan. Keine Sorge.« Ein gezwungenes Lächeln zierte ihre Lippen.

»Das ist schön. Du warst schon immer sehr stark. Viel stärker als ich.« In diesem Moment beugte er sich zum Boden, um das Tablett aufzuheben.

»Johannes? Würdest du mir bitte vorher meine Hände frei machen? Sonst kann ich nicht essen.« Lena war überrascht, wie ruhig ihre Stimme klang.

Er stutzte kurz. Doch dann nahm er den Teller in seine Hand, zog den Stuhl, der hinter Lena stand, neben sie und setzte sich darauf. »Ich dachte, wir machen das wie in alten Zeiten. Kannst du dich noch erinnern?«

Fuck!, fuhr es durch ihr Hirn. »Natürlich kann ich mich daran erinnern. Ich liebe es, wenn du mich fütterst!« *Kotzen, ich könnte kotzen!*

»Schön«, sagte er nur und stach in das erste Stück. Lena schaute auf den Teller. Vermutlich war es ein Kartoffelauflauf, den er für sie zubereitet hatte. Oder seine Mutter. *Oh mein Gott! Weiß die überhaupt, dass ich hier gefesselt bin? Was hat er ihr erzählt? Oder macht sie bei diesem bösen Spiel einfach mit? Nur das Beste für ihre Sohn-Tochter?*

Johannes pustete auf den Löffel, um das heiße Essen auf mundgerechte Temperatur zu bekommen. Da hatte Lena den Verdacht, dass es sich bei Lou um seine Tochter handeln könnte. Oder machte man so etwas automatisch, wenn man jemanden fütterte? Er streckte ihr den Löffel entgegen, und als wäre es das Normalste auf der Welt, öffnete sie den Mund. Ja, ihre Vermutung war richtig. Es war ein Kartoffelauflauf, mit Käse überbacken.   Feine   Karottenstreifen befanden sich auch darin.

»Das ist köstlich«, sagte sie, als sie den Bissen hinuntergeschluckt hatte.

In seinen Augen blitzte es. Vermutlich war es Stolz, der ihn in diesem Moment erfüllte. »Für dich nur das Beste, Lou.«

Fieberhaft überlegte Lena, wie sie bloß mehr erfahren konnte über diese Lou. Sie musste so denken wie seine Tochter. Wie ein Kind. Aber sie wusste ja nicht mal, in welchem Alter sie gestorben war, oder verschwunden, oder was auch immer. *Verdammt, ich steh noch immer am Anfang.* Sie kaute den fünften Bissen, den er ihr in den Mund geschoben hatte. Und genau in diesem Moment fuhr es wie ein Blitz in sie. *Scheiße, was ist, wenn er Gift in das Essen gemischt hat, oder Drogen, um mich gefügig zu machen?* Das Essen schmeckte von einer Sekunde auf die andere gar nicht mehr. Es bildete sich ein Klumpen in ihrem Mund, der sich nicht hinunterschlucken ließ. Sie atmete tief ein und aus, so gut es eben ging. Auf jeden Fall musste sie sich beruhigen.

»War es zu heiß? Hab ich nicht gut genug aufgepasst?«

Lena schüttelte den Kopf. Auf keinen Fall wollte sie, dass er sich dafür die Schuld gab. Das würde für sie unter Umständen tödlich enden. Sie begann zu husten. Vielleicht könnte sie ihm weismachen, dass sie sich

87

einfach nur verschluckt hatte. Noch einmal hustete sie.

»Ich bring dir ein Glas Wasser«, sagte er, erhob sich und schritt aus dem Zimmer. Den Teller nahm er mit. Vermutlich hatte sie schon genug Betäubungsmittel in sich aufgenommen.

Aber Lena musste stark sein. Sie würde sich nicht einfach so ausknocken lassen. Nein, sie nicht. Sie hatte in ihrem Leben schon zu viel mitmachen müssen, so ein Scheißkerl durfte das nicht so einfach brechen. Sie hatte ihren Stiefvater überlebt. Dagegen war doch ein Psycho wie Johannes nur ein Lämmchen.

Er kam zurück und setzte das Glas an ihren Lippen an. »Trink nur, meine Schöne.«

Und sie tat, was er ihr befahl. Er stand noch da, als sie das Wasser hinuntergeschluckt hatte. Die Gelegenheit war günstig. »Ich möchte die Sterne sehen!«, sagte Lena und hoffte, ihr Plan ging auf.

»Nein, dafür ist es jetzt zu spät. Aber eine Geschichte hab ich dir versprochen. Danach ist Schlafenszeit.«

»Darf ich mir die Geschichte aussuchen?« Lena versuchte, so sanft wie möglich zu klingen. Obwohl ihr das schwerfiel, da er währenddessen über ihre Haare streichelte. Sie bemühte sich, nicht zurückzuzucken. Und es gelang ihr unter größter Anstrengung.

»Du willst doch immer die gleiche Geschichte«, sagte er und lachte. »Also, welche willst du? Die mit der Prinzessin und dem langen Haar oder lieber Aschenputtel?«

Ich hatte recht. Er hatte eine Tochter. Aber warum sieht er sie in mir? Sie muss doch noch ein kleines Mädchen gewesen sein.

»Rapunzel«, sagte sie wie aus der Pistole geschossen, denn auch sie wünschte sich in diesem Moment einen Prinzen, der sie aus der Gefangenschaft befreien würde.

»Lou, du bekommst, was du möchtest. Ich sag nur schnell Mutter Bescheid und hole das Buch, ja?«

Mit diesen Worten schritt er aus dem Raum.

Oh Mann. Wie komm ich hier weg? Wie könnte ich es anstellen, dass er mich losmacht? Und warum um alles in der Welt macht da seine Mutter mit? Die muss doch wissen, dass das Mädchen tot ist!

23

Vor fünf Jahren

Bernhard saß wieder auf seinem Balkon und rauchte eine Zigarette nach der anderen. Seine Gedanken sprangen wirr umher. Das Gespräch mit der Nutte hatte ihm nichts genützt. Soweit es den Anschein machte, hatte sie wohl nichts mit dem Ganzen hier zu tun. Aber wer denn sonst? Wer wollte ihm schaden? Oder ihn einschüchtern? Er starrte in die Ferne, zu dem Haus, das einsam und verlassen war. Zumindest behaupteten das die Polizisten. Aber da! Da war ein Lichtschein. Nur kurz zu sehen. Nun war es wieder finster. Konnte es sein, dass es ein vorbeifahrendes Auto gewesen war, dessen Scheinwerfer sich gespiegelt hatten? Bernhard schaute zur Straße, die nur wenige Meter daneben verlief. Doch da war kein Auto weit und breit.

»Ich geh da jetzt rüber.« Er stemmte sich hoch, wild entschlossen, diesem Fremden, der vermutlich für die Botschaften verantwortlich war, zur Rede zu stellen. Er schnappte sich seine Hausschlüssel und griff nach der Türklinke, da verharrte er. Was sollte er denn sagen? *Hör auf, du kranker Idiot,* wäre vermutlich kein sehr guter Gesprächseinstieg. Und es würde auch nicht dazu beitragen, dass dieser Schwachsinn aufhörte, sondern dass er sich möglicherweise noch verstärkte. Er seufzte. »Scheiße«, fluchte er, noch immer die Türklinke in der Hand. »Ich geh einfach nur schauen.« Somit riss er die Haustür auf und stolperte über einen Stein, der mitten auf seiner Türmatte lag. Er verlor das Gleichgewicht, hielt sich im letzten Moment am Treppengeländer fest. »Diese verdammten Rotzlöffel!«

Natürlich mussten das die Kinder aus der Nachbarschaft gewesen sein, die hatten immer irgendwelche Streiche auf Lager. Mehrmals hatten tote Vögel oder sonstiges Kleinvieh vor seiner Tür gelegen, einmal sogar ein Hase, vermutlich von einem Auto überfahren, so zermatscht wie der ausgesehen hatte. Ganz zu schweigen von den etlichen Malen, als er sein Auto aus Klopapier wickeln musste. Einmal hatten sie seinen Postkasten, der direkt an der Einfahrt zum Parkplatz stand, mit Bauschaum eingesprüht, sodass er aus allen Nähten quoll. Es war wirklich kein schöner Anblick gewesen. Nachdem er sich einen neuen besorgt hatte, war Ruhe, denn er klebte einen Zettel darauf, dass dieser videoüberwacht werde. Am liebsten hätte er sich selbst für diese Idee auf die Schulter geklopft. Somit hatte er ebenso eine Tafel an seiner Haustür angebracht. Und er hatte seine Ruhe vor dieser Bagage. Bis zum heutigen Tag! Jetzt fing diese Scheiße wieder von vorne an. Er stöhnte auf. *Das kann doch wohl alles nicht wahr sein!*

»Okay, um das Problem kümmere ich mich morgen. Jetzt werde ich erst mal schauen, was da in diesem Haus los ist.«

Bernhard ging querfeldein. Je näher er seinem Ziel kam, umso mulmiger wurde es ihm, und sein Verstand schrie, dass er umkehren sollte. Doch Bernhard war fest entschlossen, er würde dem Geheimnis in diesem Haus auf die Spur kommen.

24

Gegenwart

Helga starrte noch immer ungläubig ihren Ehemann an.

Frank war der Erste, der sich aus seiner Schockstarre löste. »Komm, wir gehen nach Hause und werden im Internet nachschauen, was die Frau meint. Vielleicht finden wir ja etwas, was uns weiterhilft.«

Helga nickte nur. Zu mehr war sie im Moment nicht fähig. Frank legte seine Handfläche in ihre, und so schlenderten die beiden nach Hause.

Als sie ihr Haus betreten hatten, ging Frank zu seinem Laptop, schaltete ihn ein und trug ihn zum Esstisch. Helga holte zwei Gläser und die Saftkanne aus der Küche, kam damit ins Speisezimmer, zog einen Stuhl hervor und setzte sich darauf. Frank öffnete das Internetfenster, und der Cursor blinkte. Dann schaute er sie an. »Und was geben wir hier nun als Suchbegriff ein?«

»Der Fluch von Seiersberg-Pirka?«, sagte sie lachend, und auch er stimmte mit ein. »Spaß. Wie wäre es mit Mord in Seiersberg-Pirka? Sie hat doch gesagt, in diesem Haus dort drüben wurde jemand umgebracht und die Zeitungen wären voll davon gewesen.« Sie zeigte auf das Haus am Waldrand, das die beiden durchs Fenster gut sehen konnten.

Frank tippte die Suchbegriffe ein. Sogleich erschienen einige Ergebnisse. *›38-jähriger Rumäne ersticht wehrlose alte Damen‹* stand als Erstes. »Das kann es nicht sein, das war in Gloggnitz, nicht hier.« Er scrollte weiter. Die nächsten beiden Beiträge handelten von einer 78-jährigen Frau, die anscheinend von ihrem Enkelsohn erstickt worden war. Helga und Frank überflogen den Artikel, doch es wurde beiden schnell klar, dass es hierbei auch nicht um die gesuchte Tat ging. Doch der nächste schien ein Volltreffer zu sein.

›Zuerst tötete der Familienvater seine Ehefrau, dann seine Kinder, und zum Schluss erhängte er sich selbst.‹

Frank klickte auf den Link, damit sie den gesamten Beitrag lesen konnten.

Kleine Zeitung, 13.06.2005

<u>Seiersberg-Pirka</u> – Am gestrigen Sonntag wurde in den späten Abendstunden eine Horrortat verübt. Ein 54-jähriger, zweifacher Familienvater erstach zuerst seine bereits schlafende Ehefrau (52) mit sieben Messerstichen, gleich darauf tötete er seinen Sohn (20) ebenfalls mit sieben Messerstichen. Seiner Tochter (18) schnitt er die Pulsadern auf und stach ihr daraufhin mit einem Messer zweimal mitten ins Herz. Die

94

Tatwaffe, mit der vermutlich die Ehefrau und auch der Sohn getötet worden sind, ließ er in dem toten Körper der jungen Frau stecken. Nach der Tat erhängte sich der Vater am Deckenbalken des Wohnzimmers selbst. Erst Tage später wurden die Leichen durch einen Paketboten entdeckt. Die Hintergründe und das Motiv seien derzeit noch ungeklärt, teilte uns heute in der Früh die Pressestelle der Polizei mit. Die Ermittlungen laufen auf Hochtouren.

Wie gebannt starrten Frank und Helga auf das Bild, das unterhalb des Beitrages zu sehen war. Helgas Hände fingen an zu zittern. »Das ist das Haus da drüben. Unfassbar! Wie kann man nur seine Familie umbringen?« Ihr Herz pochte laut, und in ihren Ohren rauschte es. Diese paar Zeilen ließen ihr Kopfkino auf Hochtouren laufen.

»Ja, ein Horror. Nur, ich frage mich, was dies hier«, sagte Frank und zeigte auf den Bildschirm, »mit unserem Haus zu tun hat.« Er scrollte weiter und fand einen Artikel jüngeren Datums.

Kronenzeitung, 19.06.2005

<u>*Seiersberg-Pirka*</u> *– Eine Woche ist die Wahnsinnstat her, die sich vergangenen Sonntag in einem Einfamilienhaus zugetragen hat. Laut Angaben der Polizei*

stand der 54-jährige Familienvater zum Tatzeitpunkt unter dem Einfluss von Alkohol und Drogen. Die Polizei geht von Mord und Selbstmord aus. Fremdeinwirkung sei ausgeschlossen.

»Aha«, sagte Frank. »Doch noch immer sehe ich keinen Zusammenhang. Das ist doch alles nur das Hirngespinst einer alten Frau. Die will uns doch nur Angst machen. Vielleicht mag sie auch einfach keine Deutschen.«

»Das wäre ein sehr seltsamer Zufall. Findest du nicht? Zuerst diese Susann Winter, die fluchtartig vor mir davongelaufen ist, als sie gehört hat, wo wir wohnen, und dann die alte Frau. Ich glaube nicht, dass es etwas mit unserer Staatsangehörigkeit zu tun hat. Davon abgesehen, du scheinst vergessen zu haben, dass ich Botschaften von jemandem bekomme. Vielleicht sind sie auch für uns beide bestimmt. Das kann alles kein Zufall mehr sein.«

»Stimmt«, antwortete Frank und legte seinen Zeigefinger nachdenklich an sein Kinn. »Diese Botschaften. Ich denke, wir sollten wirklich die Polizei informieren. Das geht alles zu weit.«

»Und was willst du erzählen? Dass ein Irrer Botschaften schickt, weil sich vor fünfzehn Jahren im Haus gegenüber eine

Tragödie abgespielt hat? Klingt absolut glaubhaft. Da müssen wir aufpassen, dass die nicht den Doktor holen und uns beiden die Hab-mich-lieb-Jacke anziehen.«

»Du übertreibst, mein Schatz. Die sperren uns deswegen doch nicht in die Psychiatrie.« Er gab ihr einen Kuss auf die Wange.

Doch auch das beruhigte Helga nicht. Fieberhaft überlegte sie, wie sie den morgigen Tag ohne Frank überstehen sollte. Sie hatte Panik davor, wieder eine neue Nachricht von dem anscheinend Geisteskranken zu erhalten.

Frank schien ihre Anspannung zu bemerken und legte seine Hand auf ihre. »Schatz, alles wird gut. Wir werden nun die Polizei rufen. Die werden schon wissen, was zu tun ist.«

***

»Herr Körner. Ich kann da wirklich nichts für Sie tun«, sagte einer der beiden Beamten, die bei Helga und Frank im Wohnzimmer standen. Vor einer guten halben Stunde hatte Frank beim Notruf angerufen, und die Polizisten waren nur wenige Minuten später vor Ort gewesen. Doch nach Durchsicht der Beweismittel hatten beide nur mit den Schultern gezuckt.

»Was soll das heißen? Irgendjemand hat es auf uns abgesehen. Das ist doch offensichtlich.« Frank stemmte seine Hände in die Hüften. Es war selten der Fall, dass ihn etwas dermaßen aus der Ruhe bringen konnte, das wusste Helga genau.

»Herr Körner, Sie müssen verstehen«, sagte der jüngere Beamte und zeigte auf die Rose und die beiden Zettel. »Das sind nun wirklich keine Drohungen oder Ähnliches. Ich denke mal, da möchte Ihnen nur jemand einen Streich spielen.«

»Muss denn erst jemand umkommen, damit Sie etwas tun können?«

»Ich kann Ihnen anbieten, dass wir hier in der nächsten Zeit öfter Streife fahren. Und natürlich kriegen Sie meine Visitenkarte. Falls Sie irgendetwas Verdächtiges sehen oder bemerken, rufen Sie mich sofort an. Machen wir das so?« Der Polizist kramte in seiner Uniform, zog eine Pappkarte hervor und reichte sie Helga.

›Polizeihauptkommissar Erwin Klausner‹ stand in fetten Buchstaben darauf geschrieben. Direkt darunter seine Telefonnummer.

»Diese Nummer ist unser Diensthandy. Falls ich keinen Dienst haben sollte, wird sich ein Kollege um Ihr Anliegen kümmern. Ich werde heute Abend bei der Dienstübergabe die notwendigen Informationen weitergeben.«

»Und das ist alles, was Sie machen können? Das kann doch nicht Ihr Ernst sein!« Frank ballte seine Hände zu Fäusten. So in Rage hatte selbst Helga ihn noch nie erlebt. Und immerhin waren die beiden schon seit Jahrzehnten ein Paar.

»Leider ist das alles«, mischte sich nun auch der andere Polizist ins Gespräch ein. »Aber seien Sie unbesorgt. Wenn Sie bei uns anrufen, kommen wir auf jeden Fall vorbei. Wir sind da, um Ihnen zu helfen, doch im Moment sind uns die Hände gebunden.« Er deutete seinem Kollegen mit einem Nicken an, dass es nun Zeit wäre zu gehen, und schritt bereits in Richtung Vorraum. Klausner folgte ihm. Er reichte zuerst Helga und dann Frank zur Verabschiedung die Hand.

Sekunden später waren die beiden wieder allein. »Das kann doch alles nicht wahr sein!«, sagte Frank. »Wofür sind die denn da?«

»Jetzt reg dich doch nicht so auf. Vielleicht ist es wirklich nur ein Dummejungenstreich.«

»Also das geht meiner Meinung nach schon über einen Streich hinaus. Da will dir jemand Angst machen.«

»Ich weiß es nicht. Aber du wirst sehen, wenn wir nicht reagieren, dann hört derjenige sicher auf.«

Nein, sie glaubte nicht an ihre eigenen Worte. Ihr Bauchgefühl sagte ihr, dass dies nicht einfach so aufhören würde. Da steckte mehr dahinter, viel mehr. Und Helga schwor sich, dass sie dem Ganzen auf den Grund gehen würde. Auch wenn sie sich bei dem Gedanken daran fast in die Hose machte.

Frank kam nah an sie heran, umrahmte mit seinen Händen ihr Gesicht und küsste sie leidenschaftlich. Als er sich wieder von ihr löste, sprach er:»Ich hoffe, du hast recht, mein Schatz.«

Ganz fest drückte sie sich an Franks Oberkörper. Sie legte ihr Ohr auf seinen Brustkorb und hörte, wie sein Herz gleichmäßig pochte. *Ich hoffe es auch!*

25

Gegenwart

Ein neuer Tag war angebrochen, und ich fühlte mich fast wie neugeboren. Alles war bisher genau so gelaufen, wie ich es mir vorgestellt hatte. Heute musste ich noch einige Besorgungen machen. In diesem Moment läutete ein Telefon. Ich erschrak. Es kam aus Lous Handtasche. Wer rief denn bei ihr an? Ich kramte in der Tasche, zog das Handy hervor. ›Lissi‹ stand auf dem Display. Ich starrte darauf, bis es aufhörte zu klingen. Sofort wechselte die Schrift auf dem Display. ›Ein verpasster Anruf von Lissi.‹ Gleich darauf vibrierte das Telefon nochmals. Eine WhatsApp-Nachricht.

›Bist du noch immer bei deinem neuen Lover? ;-)‹

Ich lächelte. *Neuer Lover!* Lou hatte doch nur mich. Ich war ihr einziger Mann, und das würde sich nicht ändern, solange sie noch lebte. Schon vor drei Tagen hatte ich Lou auf diese Lissi angesprochen, nach der ersten Nachricht von ihr. Doch wenn sich Lou nicht bei ihr meldete, würde Lissi Verdacht schöpfen. Schnell tippte ich eine Nachricht.

›*Hey. Werde die nächsten Tage nicht erreichbar sein. Ich habe meinen Mann fürs Leben gefunden.*‹

Ich scrollte ein wenig weiter nach oben und las nach, was meine Lou sonst so schrieb. Dann machte ich noch einen Smiley mit einem Kussmund dazu und sendete es ab. *So, das hätten wir erledigt!*

Ich schritt zu Lous Zimmer. Schon lange wollte ich es streichen. In ihrer Lieblingsfarbe. Aber irgendwie kam immer etwas dazwischen. *Vielleicht werde ich das in den nächsten Tagen mal erledigen,* dachte ich mir. Ich drückte die Klinke nach unten und öffnete die Tür. Es war Zeit aufzuwachen! Der Lichtschein fiel auf ihr blasses Gesicht, und doch lächelte sie, als sie mich erblickte.

»Guten Morgen, mein Sonnenschein. Hast du gut geschlafen?«

»Ja, sehr gut sogar. Aber kannst du mir die Handschellen abnehmen? Die reiben so an meinem Handgelenk. Sieh doch, ich bin schon ganz wund gescheuert.« Sie zog eine Schnute. *Ach, wie ich diesen Mund liebe.* Ich konnte nicht genug davon bekommen. Ich wollte ihn berühren, ihn küssen und mich mit meiner Zunge in ihm verlieren.

»Ja, natürlich. Das ist nur zu deiner eigenen Sicherheit. Das weißt du doch.«

»Alles nur, weil du mich liebst«, antwortete sie. Sie sah so wunderschön aus in ihrem Kleid. Gestern, nach dem allabendlichen Waschen, hatte ich ihr das fliederfarbene Kleid angezogen. Es schmiegte sich wie eine zweite Haut an sie. Wunderschön. So wunderschön war sie.

»Ja, ich liebe dich genauso, wie du mich liebst.«

»Ich liebe dich mehr«, sagte Lou und schenkte mir ein betörendes Lächeln. »Aber könntest du jetzt bitte die Fesseln abmachen?«

Ich zog den Schlüssel aus meiner Hosentasche hervor, und gleich darauf sprangen die Spangen der Handschellen aus der Verankerung. Sofort umgriff sie ihre Handgelenke. Doch sie blieb liegen. Es war wie eine Einladung, zu ihr ins Bett zu kommen, und dieser kam ich natürlich sofort nach. Ich legte mich ganz nah an ihren Körper heran und strich über ihr goldenes Haar. Es war einfach perfekt. Sie sah aus wie ein Engel. Mein Engel.

26

Vor fünf Jahren

Bernhard schlich sich ganz nah an die Thujenhecke heran. Er traute sich kaum, zu atmen, niemand durfte ihn entdecken. In geduckter Haltung schlüpfte er zwischen der Hecke hindurch, in der Hoffnung, dass dahinter kein Maschendrahtzaun wäre und ihn daran hindern würde, ungesehen auf das Grundstück zu kommen. Er müsste ansonsten die gepflasterte Einfahrt entlangschleichen, und die Gefahr, entdeckt zu werden, wäre dort einfach zu groß. Er atmete erleichtert aus, als er das Grundstück betrat. Gute fünf Meter trennten ihn noch von der Hausmauer. So schnell er konnte, hastete er hinüber und lehnte sich gegen die Außenwand. Mit beiden Händen stützte er sich daran ab, ging in die Hocke und atmete hastig ein und aus. Zukünftig würde er sich sportlich betätigen. Das konnte doch wohl nicht wahr sein. Nach so einem kurzen Sprint war er völlig aus der Puste. Noch einmal atmete er kräftig durch, dann hörte das Stechen in seinem Brustkorb auf. Langsam kam er wieder auf die Beine. Einen Fuß nach dem anderen vorwärts setzend, pirschte er sich wie ein Jäger an seine Beute an das Fenster im Erdgeschoss an. Er war sich sicher, hier war jemand. Er hatte sich das nicht eingebildet. Als er direkt neben der Fensterbank stand, ärgerte er sich über sich selbst. Natürlich war das Fenster zu hoch, um hineinsehen zu können. *Wie doof!*

Er stellte sich auf die Zehenspitzen, doch auch das half ihm nicht. Suchend blickte er sich um. Nichts in seiner unmittelbaren Nähe war geeignet dazu, daraufzusteigen, um einen Blick ins Innere des Hauses zu erhaschen. *Gut, Plan B!*

Er schlich um die Ecke und entdeckte den Holzverschlag, der ans Haus anschloss. Er hatte diesen schon zuvor von seinem Balkon aus gesehen. Seine Hoffnung war groß, dass der Schuppen auch einen direkten Zugang ins Innere hatte.

Das Adrenalin rauschte durch seine Venen, als er die Tür aufmachte. Es knarrte leise. Wie zu Technomusik schlug sein Herzschlag, und ein leichter Schmerz zog durch seinen Brustkorb. Er fasste sich an seine linke Seite und atmete wieder ein und aus.

Kehr um, bevor es zu spät ist, flüsterte ihm sein Verstand ins Ohr. Doch er konnte nicht mehr zurück. Er war besessen davon, herauszufinden, was hier vor sich ging, was die Botschaften zu bedeuten hatten, und vor allem, wer dahintersteckte. Er musste sich selbst davon überzeugen, dass die Polizisten recht hatten und keine Menschenseele im Haus war.

Plötzlich durchzuckte ihn eine neue Idee, die noch grausamer schien als das, was er zu sehen geglaubt hatte. *Ein Geist!* Der Amoklauf hatte in diesem Haus am Waldrand vier Menschen das Leben gekostet. Vielleicht war die Frau, die er gesehen hatte, eine arme Seele, die noch auf der Erde weilte und keinen Frieden gefunden hatte. Wie auch?

Bernhard hielt sich an der Holztür fest, denn diese Befürchtung traf ihn wie ein Schlag auf den Kopf. Wenn er nun hier hineinging und den Geist stören würde, wäre er dann verflucht auf Lebzeiten?

Ein Scharren in der Dunkelheit des Raumes erweckte seine Aufmerksamkeit, und anstatt sofort die Flucht zu ergreifen, wählte sein Körper die komplette Starre. Wenn er gekonnt hätte, wäre ein gellender Schrei aus ihm gefahren. Doch er konnte nicht. Seine Angst fraß ihn auf wie eine Horde Löwen, die an einem tonnenschweren Elefanten nagten und diesen in maulgerechte Stücke rissen. In diesem Moment breitete sich ein warmes Gefühl in seiner Leistengegend aus. Er hatte sich in die Hosen gepisst.

Und endlich! Seine Starre löste sich, und in Rekordzeit machte er eine Kehrtwendung, sprintete zur Hecke zurück und lief über das

106

Feld. Kurz darauf sprang er über den Bach, rutschte auf einem der Steine aus, die zur Befestigung des Ufers dienten, fiel ins eiskalte Wasser und schlug mit der Schulter gegen etwas Hartes, das am Grunde des Baches lag. Der Schmerz fuhr wie ein Messer durch sein Schulterblatt und zog sich bis in seinen Nacken hinauf. Im ersten Moment sah er Sterne vor seinen Augen aufblitzen.

Verfickte Scheiße. Jetzt hat mein letztes Stündlein geschlagen! Ich bin in der Hölle.

Vermutlich wären das seine letzten Gedanken gewesen, wenn nicht genau in diesem Moment, einen Augenaufschlag vor der Bewusstlosigkeit, eine Welle kaltes Wasser in sein Gesicht geschwappt wäre. Hustend und spuckend hob er seinen Kopf und richtete sich in dem hüfttiefen Wasser auf. So schnell er konnte, flüchtete er triefnass in seine Wohnung, versperrte die Tür mit dem Sicherheitsriegel und schob noch einen Tisch davor. Schwer keuchend und völlig am Ende seiner Kräfte ließ er sich im Vorraum auf seine Knie sinken. Bittere Tränen rannen seine Wangen herab, und er schluchzte: »Wo bin ich da bloß reingeraten?«

Immer und immer wieder wiederholte er diesen Satz, bis er nicht mehr konnte, weil seine Stimme versagte. Er musste stundenlang in dieser Position verharrt haben, denn als er endlich wieder auf die Beine kam, waren diese zuerst taub, und dann krabbelten Tausende Ameisen durch seine blutleeren Gefäße.

Er schleppte sich auf den Balkon hinaus und starrte in die Ferne. Auf das Haus, mit dem alles angefangen hatte. Und als wäre es ein Hohn, der nur ihm galt, sah er einen Kerzenschein, der durch das Haus glitt. Zuerst nur flackernd, dann ganz hell, und plötzlich war nichts mehr zu sehen.

27

Vor drei Tagen

Krampfhaft hatte Lena versucht, wach zu bleiben, doch irgendwann hatte die Tortur des Tages ihren Tribut gefordert, und sie war tatsächlich eingenickt. Johannes hatte sie vom Stuhl gehoben auf das Bett gelegt. Angekettet wie ein räudiger Hund lag sie nun da. Erst der kühle Luftzug, der durchs Zimmer strömte, hatte sie aus ihrem Traum geweckt. Ein Traum, den sie gern erlebt hätte. So wunderschön war er. Mit dem Prinzen, der sie vor dem Monster und aus ihrer Gefangenschaft rettete. Doch nun war sie wieder in der grausamen Realität angekommen, und Johannes stand in Frauenkleidung vor ihr. Ihr Magen krampfte sich zusammen, und die Magensäure stieg ihr die Kehle hoch.

»Hallo, Lou. Ich würde sagen, ich mache dich mal frisch. Was hältst du davon?« Johannes' Stimme klang so sanft. So mädchenhaft.

Nichts! Fass mich nicht an!, dachte sie, doch stattdessen sagte sie: »Gute Idee.« Eine Gänsehaut zog sich über ihren Unterarm, als er sie anfasste, und breitete sich schlagartig über ihren gesamten Körper aus. Sogar ihre Gänsehaut bekam eine Gänsehaut, als er ihre Fesseln löste und sie mit einem Schwung hochzog.

Wäre jetzt eine gute Gelegenheit zu fliehen?

»Wer ist Lissi?«

Lena schluckte. Im ersten Moment konnte sie nicht auf seine Frage antworten. Was sollte sie bloß sagen?

»Lissi ist eine alte Freundin von mir. Ich habe sie erst vor wenigen Tagen wieder einmal getroffen.« Sie hoffte inständig, dass er damit zufrieden war.

»Sollte ich Lissi nicht kennen? Ich meine, wir beide kennen uns doch schon ewig. Seit wir Kinder waren.«

Lena fiel es wie Schuppen von den Augen. Lou war vermutlich genauso alt wie er selbst. Also weit gefehlt mit der Tochter. Aber was sollte die Geschichte gestern Abend, die er ihr vorgelesen hatte? Was hatte er damit bezweckt?

»Ähm … nein, ich glaube nicht, dass du sie kennst.« Etwas Besseres fiel ihr im Moment nicht ein. Panisch kramte sie in ihrem Kopf nach einer Lösung, wie sie ihm erklären könnte, woher sie Lissi kannte. Sie konnte weder Schule noch Lehrstelle noch Job oder irgendwelche Freizeitaktivitäten nennen. Das wäre viel zu gefährlich gewesen, sein Bild von Lou zu zerstören. Sie war doch Lou!

»Dabei dachte ich immer, dass du mir alles erzählst, Lou. Wir sind doch beste Freundinnen.«

110

»Lissi ist nur eine flüchtige Bekannte. Sie hat keinerlei Wert in meinem Leben. Wirklich. Natürlich, wir sind beste Freundinnen. Für immer.« Am liebsten hätte sie ihm bei diesen Worten vor die Füße gekotzt. Das hier hatte sie alles nicht verdient. Das war krank, abartig, einfach zum Kotzen!

28

Gegenwart

Helga packte für Frank das Mittagessen ein. Sie war heute besonders früh aufgestanden, war zuerst mit Daisy in den angrenzenden Wald gelaufen und hatte für Frank eine Kartoffelsuppe gekocht, damit er tagsüber etwas Warmes in den Magen bekam. Er würde sich unterwegs Brötchen besorgen.

Helga hatte sich für heute einen Tagesplan zurechtgelegt. Als Erstes würde sie Lebensmittel einkaufen mit dem Fahrrad, denn der Markt war ganz in der Nähe und Sport tat bekanntlich gut. Danach würde sie hier weiter auspacken und kochen. Auf keinen Fall würde sie die Haustür öffnen, falls jemand klopfte oder klingelte. Das schwor sie sich.

»Bis am Abend, Schatz. Und falls etwas ist …«, sagte Frank, doch Helga unterbrach ihn.

»Ja, ich hab doch die Nummer von der Polizei. Und ja, ich öffne niemandem die Haustür. Und jetzt geh endlich. Sonst kommst du noch zu spät.« Mit diesen Worten drückte sie ihm seine Tasche, in die sie das Essen gepackt hatte, in die Hand und einen Kuss auf die Wange.

Kaum war die Haustür hinter Frank ins Schloss gefallen, fiel Helga ein, dass sie noch etwas Wichtiges erledigen musste. Sie tippte die Nummer von Stefanie in ihr Handy.

»Hallo, Mama. Schön, dass du anrufst.«

»Hallo, Kleines. Wie geht es der werdenden Mama? Tut mir leid wegen gestern. Ich war ein wenig durch den Wind. Alles ein bisschen viel hier im Moment.«

»Ja, ich weiß. Papa hat mir erzählt, dass du gestürzt bist und dich verletzt hast. Ich hätte dich damit nicht überfallen dürfen, einen Tag nach eurem Umzug.«

»Aber, Schatz, das war kein Überfall. Ich freue mich sehr auf mein Oma-Dasein. Und ich will jedes Ultraschallfoto sehen. Und wenn der kleine Sonnenschein auf die Welt kommt, werde ich zu dir kommen, um dich in der Anfangszeit ein wenig zu unterstützen. Was hältst du davon?«

»Das ist lieb, Mama«, sagte Stefanie, und Helga merkte gleich, dass der Satz nun mit einem Aber weitergehen würde. »Aber Manuels Mutter wohnt doch in der Nähe. Und sie ist bereits in Pension. Sie wird mich unter... Mama, echt! Das war jetzt nicht so gemeint, wie es sich angehört hat. Natürlich will ich dich bei mir haben. Ich hab dich doch lieb. Aber du hast selbst so viel um die Ohren.«

In Helgas Augen standen Tränen. Weil Stefanie ihr sagte, dass sie sie nicht brauchte, und im gleichen Atemzug, dass sie sie mehr als zuvor brauchte. »Ich komme trotzdem. Okay?« Sie presste die Worte hervor.

»Natürlich, Mama. Ich freue mich, dass du mich unterstützen möchtest. Und du weißt, du und Papa, ihr seid jederzeit herzlich willkommen.«

»Natürlich, das weiß ich doch.« Sie wischte die Tränen von ihren Wangen. Momentan herrschte ein Gefühlschaos in Helga, und das lag nicht nur an Stefanies Worten.

»Ich muss jetzt los. Hab dich lieb, Mama.« Mit diesen Worten beendete ihre Tochter das Gespräch.

Helga starrte noch sekundenlang auf das schwarze Display, raffte sich dann auf und schrieb ihre Einkaufsliste. Daisy lag still neben ihren Füßen. Plötzlich hob sie ihren Kopf und knurrte.

113

»Was ist denn, mein Mädchen?«, sagte Helga und schaute zu ihr hinab. Daisy starrte wie gebannt auf den Vorraum.

War jemand im Haus?

Fast schon panisch versuchte Helga, sich daran zu erinnern, wo sie die Visitenkarte des Polizisten hingelegt hatte. Mit einem Magneten an die Kühlschranktür geheftet. Am liebsten hätte sie sich dafür eine geknallt! Wie dumm von ihr. Dazu müsste sie nun durch den Vorraum laufen, dorthin, wo Daisy etwas gehört hatte.

Die Hündin sprang auf und zischte mit lautem Gebell aus dem Wohnzimmer, den Flur entlang. Helga schnappte sich ihr Telefon, tippte die Notrufnummer ein, drückte aber nicht den grünen Button, und folgte Daisy, wenn auch mit zittrigen Knien. Sie schaute vorsichtig um die Ecke in den Gang hinein. Doch sie entdeckte niemanden, und Daisy bellte die Haustür an. Sie sprang davor auf und ab.

Auf keinen Fall öffne ich jetzt diese Tür. Das wäre wie in diesen Horrorfilmen, in denen die Opfer ihrem Mörder entgegenschleichen.

Immer wieder schaute Daisy zu Helga. Doch schon bald verstummte das Bellen. Derjenige, der vor der Tür gewesen war – vielleicht sogar darauf gewartet hatte, dass Helga öffnete, um sie zu töten –, war verschwunden. Zumindest hoffte Helga das. Ein Seufzer entfuhr ihrer Kehle.

Daisy lag direkt vor der Eingangstür, als wollte sie Helga nicht aus dem Haus lassen. Helga trat näher an die Tür heran und spähte durch den Spion. Sah aber keine Menschenseele. *Natürlich sehe ich niemanden. Derjenige wird nicht so doof sein, sich in mein Sichtfeld zu stellen.*

Sie hakte die Sicherungskette ein, gab Daisy ein Handzeichen, woraufhin sie aufstand und sich neben Helga setzte, und öffnete langsam die Tür. *Durchatmen,* dachte sie sich. Ihre Hände zitterten. Sie lugte durch den Spalt hindurch, doch bis auf einen handflächengroßen Stein, der auf der Fußmatte lag, war da nichts. *Ein Stein! Ist das wieder eine Botschaft? Wann hört das bloß auf?*

Sie schloss die Tür wieder. Was sollte sie jetzt bloß tun? Die Polizei anrufen wegen eines Steines, der vor ihrer Tür lag? Sollte sie Frank informieren? Beides lehnte sie nach Sekunden des Überlegens gleich wieder ab. Sie würde niemandem davon erzählen. Das wäre vermutlich das Beste. Doch auf keinen Fall konnte sie das Haus jetzt verlassen. Was wäre, wenn es doch kein Streich von Kindern war? Wenn ihr ein Irrer draußen auflauerte. Nein, sie würde hierbleiben und warten, bis Frank nach Hause kam.

Somit machte sie sich an die Arbeit. Es dauerte allerdings nicht lange, bis Daisy sie zuerst mit ihrem Kopf und dann mit ihrer Pfote anstieß und ein leises Raunen aus ihr herausdrang.

»Daisy, ich kann mit dir jetzt nicht vor die Tür gehen. Geh doch in den Garten, wenn du so dringend musst!«

Als ob Daisy sie verstanden hätte, drehte sie ihren Kopf und schaute auf die Grünfläche. Allerdings machte sie keine Anstalten, sich dorthin zu bewegen. Natürlich nicht! Schon als Welpen hatten Helga und Frank ihr beigebracht, dass sie nicht in den Garten machen durfte. Und das wurde Helga nun zum Verhängnis. Wieder stupste Daisy sie an, und das Raunen drang lauter aus ihr heraus.

Helga seufzte, nahm all ihren Mut zusammen und griff zur Leine. Daisy bellte und drehte sich im Kreis. »Nur ganz kurz, ja?«

Sie machte die Tür nur einen Spaltbreit auf, um sich zu vergewissern, dass niemand vor oder neben der Tür stand, doch Daisy schob sich durch die Öffnung und zog Helga mit sich ins Freie.

Nach allen Richtungen schaute sie sich um, entdeckte niemanden, trotzdem wurde sie das mulmige Gefühl in der Bauchgegend nicht los. So verriegelte sie die Tür doppelt, hob den Stein auf, den sie sogleich an der

Hausecke vor ihrem Fahrrad fallen ließ. Vielleicht hatte Klausner ja recht, dass es sich hierbei nur um einen Streich von Kindern handelte. Die Hoffnung starb bekanntlich immer zuletzt.

29

Gegenwart

Ich beobachtete sie vom Gebüsch aus, als sie aus ihrem Haus trat und den Stein aufhob. Stundenlang versteckte ich mich hier bereits. Ich hatte es kaum mehr erwarten können, dass sie vor die Tür kam. Meine Nerven waren zum Zerreißen gespannt, was nun passieren würde. Würde sie ihn werfen? In meinem ganzen Körper kribbelte es. Eine Sturmflut der Neugier überkam mich, und ich kroch ein Stück aus meinem Versteck hervor. Die Hoffnung, nicht entdeckt zu werden, war groß, obwohl ... vielleicht wollte ich das sogar? Vielleicht wollte ich entdeckt werden? War sie diejenige, die mich verstand? Die mich retten würde vor den Unwürdigen? Sie schritt in Richtung ihres Autos, das direkt vor dem Haus parkte. Würde sie den Stein werfen? Wie ein Pfeil, der darauf wartete, losgelassen zu werden, starrte ich auf mein Ziel.

»Komm schon! Mach es endlich!«, flüsterte ich und leckte mir über die Lippen. Doch als ich sah, dass sie den Stein achtlos auf den Asphalt fallen ließ, spürte ich meine Halsschlagader pulsieren. Ich riss meine Augen ganz weit auf, denn ich konnte nicht fassen, was ich soeben gesehen hatte. *Das gibt es doch nicht. Hat sie meine Botschaft noch immer nicht verstanden?*

Ich machte mich sofort auf den Rückweg zu meinem Haus, zwängte mich durch das Gebüsch, sprang über den Bach und rannte durch den Wald, nahe an der Lichtung entlang.

»Dir werde ich es zeigen. Du musst deine Augen öffnen, damit du mich siehst.«

Als ich ins Haus eintrat, war ich fest entschlossen, ihr eine eindeutige Nachricht zu schreiben. Eine, die deutlicher wohl kaum sein mochte. Doch plötzlich hielt ich inne und schlug mir auf die Stirn. Natürlich. Sie hatte mir eine Botschaft gegeben. Wie dumm von mir, das misszuverstehen!

Ich starrte auf die Karte, die vor mir in einem Kuvert verpackt auf dem Tisch lag. Noch war es zu früh, ihr diese zu geben. Noch! Sollte ich auch für sie einen Platz an dem Tisch für die große Party reservieren?

Doch nun musste ich mich um Lou kümmern. Sie würde mit Sicherheit schon ungeduldig auf mich warten. Schließlich war doch die Kuschelzeit für heute längst überfällig. Ich stand auf und ging zu ihr ins Zimmer. Sie lag da, die Augen geschlossen, ihre Haare auf dem Kopfkissen zu einem Halbkreis ausgebreitet. Langsam schlüpfte ich zu ihr. Ich wollte sie auf keinen Fall aufwecken. Einfach nur bei ihr sein, ihren Körper streicheln und liebkosen. So wie sie es schon immer gemocht hatte. Ich kannte ihre empfindlichen Stellen, bei deren Berührung sie zu einer wilden Raubkatze wurde.

Das grüne Augenpaar sah mich fragend an, als ich mit meiner flachen Hand über ihre Brust streichelte. Zärtlich, ganz langsam. Ich konnte nicht genug von ihrem Körper bekommen. Dieser zuckte unter meiner Hand zusammen, und die Brustwarzen ragten wie Bergspitzen unter dem Kleid hervor.

»Guten Morgen«, sagte sie. »Hast du gut geschlafen?«

»Ja, ich habe die ganze Nacht von dir geträumt.«

»Warum schläfst du nicht bei mir? Dann könnten wir uns die ganze Nacht streicheln und liebkosen. Dann müsstest du mir auch keine Fesseln anlegen.«

»Ich hab doch die Handschellen ersetzt durch Tücher. Das schont deine zarte Haut,

Lou. Du magst das doch, wenn du mir ausgeliefert bist.«

Sie zögerte einen Moment, doch sogleich lächelte sie. »Aber doch nicht immer. Ich möchte dich doch auch berühren.«

Ich sog ihren Duft in mich auf. Er war so betörend, und ihre Worte waren wie Balsam auf meiner Seele. Allerdings musste ich Vorsicht walten lassen. Als ich sie das letzte Mal losgebunden hatte, war mein Kätzchen zu einem Tiger geworden, der seine Krallen auf meinem Rücken verewigt hatte. Als ich an diese Situation dachte, krampfte sich meine Haut zusammen. »Später. Okay? Machen wir später. Jetzt gibt es erst einmal etwas zu essen. Ich werde Mutter sagen, dass sie uns etwas machen soll, ja?«

Sie nickte, und ich wusste, dass ihre Blicke mich zur Tür verfolgten. Ich wackelte absichtlich mit meinem Hintern. Ich wollte sie zum Lachen bringen, doch sie lachte nicht.

30

Vor zwei Tagen

Er drückte Lenas Hände so fest auf die Matratze, dass sie vor Schmerzen aufschrie. Er lag zwischen ihren Beinen, und sein Körpergewicht presste sich gegen ihres. Seine Stirn hatte er in Falten gelegt, und die Ader an seinem Hals trat gefährlich hervor. *Scheiße! Bin ich zu weit gegangen? Ich hätte das nicht tun sollen!* Lenas Atmung ging kurz und stoßweise. Vor den nächsten Sekunden fürchtete sie sich wie noch nie zuvor in ihrem Leben. Trotz der Kälte im Raum überkam sie ein heißer Schwall, der durch sie zog. *Ich hätte ihn nicht kratzen dürfen. Ich bin tot. Tot!,* schrie es in ihrem Hirn.

»Du kleines Biest«, sagte Johannes nach gefühlten Stunden, als er sie mit seinen dunkelbraunen Augen anstierte. »Du hast deine Krallen in meinen Rücken gebohrt.«

»Es tut … tut mir leid«, stotterte Lena und versuchte, sich unter ihm herauszuwinden. Doch er ließ weder ihre Handgelenke los noch nahm er sein Gewicht von ihr. Ganz im Gegenteil. Er kam ihr noch ein wenig näher, und sie spürte seine pulsierende Männlichkeit zwischen ihren Schenkeln.

Seine Lippen bedeckten ihren Hals mit sanften Küssen.

»Na, gefällt dir, was?« Wie ein kleiner Luftzug an ihrem Ohr fühlte es sich an, als er flüsterte. Ihr Körper reagierte auf ihn, und eine heiße Welle durchflutete sie.

Verdammt!, dachte sie. *Der Typ ist das Abartigste, was ich jemals erlebt habe, aber mein Körper will ihn? Das ist krank! Einfach nur krank!*

»Wieso sprichst du denn nicht mit mir, Lou? Du willst es doch auch. Das spüre ich doch, wie du unter mir erzitterst.« Wieder bedeckten Küsse ihre Haut.

Du Scheißkerl, geh von mir runter!

»Ja, natürlich will ich es«, presste sie zwischen ihren Lippen hervor. Magensäure stieg ihr die Kehle hoch, und im letzten Moment konnte sie diese noch hinunterschlucken.

Ihre Idee, ihm die Augen auszukratzen, hatte das Gegenteil von dem bewirkt, was sie bewirken sollte. Sie war nur an seinen Rücken herangekommen. Doch sie hatte ihre Fingernägel so fest wie möglich in seine Haut hineingebohrt und ihre Finger von der Höhe seiner Lendenwirbel bis hinauf zu seinen Schultern gezogen, bevor er sie fest an den Handgelenken gepackt hatte.

Nun war sie fällig. Er würde sie vergewaltigen. Aber war das eine Vergewaltigung? Sie hatte doch zugestimmt, wenn auch unter Zwang, aus Angst, dass er sie umbringen würde. Plötzlich unterbrach er das Liebesspiel, und im nächsten Moment klickten wieder die Handschellen, die sie an das Bettgestell fesselten.

»Du bist nicht bei der Sache!«, sagte er.

Im ersten Moment verwirrte sie diese Aussage. Wie sollte sie auch bei der Sache sein? *Der Typ hat sie doch nicht mehr alle! Soll ich die Vergewaltigung noch genießen?* Doch musste sie sich nun ganz schnell etwas einfallen lassen, um ihn zu besänftigen.

»Ich habe Hunger«, sagte sie und kicherte wie ein kleines Mädchen. Vielleicht würde ihr das ein wenig mehr Zeit verschaffen. Einen Versuch war es allemal wert.

Er lachte laut. »Ach so. Sag das doch gleich. Natürlich, ich mache dir etwas zu essen. Mutter ist gerade nicht da. Sie kommt heute erst später.«

»Aha«, sagte Lena, obwohl sie sich nicht sicher war, ob sie überhaupt etwas dazu sagen sollte.

Eines war auf jeden Fall sicher: dass er sie vergewaltigen würde. Wenn nicht jetzt, dann eben später. Und sie musste es wehrlos über sich ergehen lassen. Und sogar vorspielen, dass es ihr gefiel. Schlimmer konnte es wohl kaum kommen. Wäre es nicht besser, sie würde sich Johannes gleich anbieten? Dann hätte sie es zumindest hinter sich. Oder würde er sie nach dem Akt oder vielleicht

123

sogar während des Aktes töten? So als Sexspiel der besonderen Art? Als Kick für ihn? Am liebsten hätte sie losgeheult. Doch auch das hätte ihr nichts gebracht. Nichts konnte sie aus ihrer momentanen Situation retten.

Mittlerweile hatte Johannes den Raum verlassen, und kurz darauf hörte sie den Klang eines Topfes, in dem ein Kochlöffel gerührt wurde. *Ich krieg keinen Bissen runter,* dachte sie. Und wie auf Befehl grummelte es in ihrem Magen.

Es dauerte gut eine Viertelstunde, bis Johannes mit einem Tablett im Türrahmen stand. Lena hatte in der Zwischenzeit überlegt, wie sie sich aus ihrer prekären Lage retten könnte. Aber gefesselt an das Bettgestell, blieben da so gut wie keine Möglichkeiten übrig. Über jeden nur erdenkbaren Ausweg hatte sie nachgedacht und jedes Mal verzweifelt festgestellt, dass es keinen gab. Sie war seine Gefangene und würde es bleiben. Bis an ihr Lebensende. Wie um alles in der Welt konnte sie herausfinden, was er von ihr wollte? Was sein Ziel war? Warum er ausgerechnet *sie* hier festhielt?

Er stellte das Tablett auf dem Nachttisch ab und nahm einen Suppenteller herunter. Er tat gerade etwas Brei auf den Löffel, da sagte Lena: »So kann ich aber nicht essen. Da ersticke ich ja. Darf ich mich ein wenig

124

aufsetzen?« *Vielleicht macht er mir wieder die Fesseln los!*

Er starrte sie an und blies Luft auf das heiße Essen. Doch er machte keine Anstalten, sie von den Handschellen zu befreien. »Weißt du, Lou? Du hast dich im Laufe der Jahre sehr verändert, und das gefällt mir nicht. Früher wolltest du immer im Liegen gefüttert werden.« Er runzelte seine Stirn.

Verdammt! Was mache ich jetzt? Kein vernünftiger Mensch möchte im Liegen gefüttert werden. Wobei auch keine vernünftige Frau mit diesem Psycho zusammen sein möchte. Lou, sag endlich, wer du bist!

»Ich hab ein Kratzen im Hals, und deswegen wäre es gut, wenn ich mich aufsetze. Nicht dass ich mich verschlucke an dem Essen, das du mir gekocht hast.« Sie rang sich ein Lächeln ab. Hoffentlich funktionierte das!

Johannes stellte den Teller ab und legte seinen Handrücken auf ihre Stirn. »Du wirst doch wohl nicht krank werden?« Ein besorgter Blick folgte.

»Wie gesagt, es ist nur ein Kratzen im Hals. Das vergeht sicher wieder in den nächsten Stunden. Was hast du denn Leckeres für mich gekocht?« Nicht dass sie scharf darauf gewesen wäre zu essen. Sie wollte nur vom Thema ablenken. Obwohl, wenn sie es sich recht überlegte ... vielleicht sollte sie krank werden, sodass er einen Arzt holen musste. Aber vielleicht würde er keinen rufen und sie einfach beseitigen und sich eine neue Lou besorgen. *Verdammt, das sind einfach zu viele Faktoren, die ich nicht abschätzen kann.*

»Es gibt Grießbrei für dich. Den hast du schon als Mädchen gern gemocht. Kannst du dich noch an den ersten Versuch erinnern, einen zu kochen? Wir mussten stundenlang den Topf schrubben, weil die Milch angebrannt war.« Er lachte.

Okay, vielleicht ist Lou eine unerwiderte Liebe aus seiner Jugend? Vielleicht ist ihr etwas zugestoßen? Vielleicht hat er sogar etwas damit zu tun! Vielleicht ist er daran schuld, dass sie verschwunden oder tot ist. Und jetzt will er sein schlechtes Gewissen bereinigen. Die Gedanken schossen ihr wie Pfeile durch den Kopf.

»Natürlich kann ich mich daran erinnern. Es war verdammt viel Arbeit, ihn wieder sauber zu bekommen. Der Boden vom Topf war ja kohlrabenschwarz.«

»Ja!«, prustete er los, und seine Augen füllten sich mit Tränen, die er mit seinem Handrücken wegwischte.

»Machst du mich jetzt los?« Lenas Stimme zitterte. Vielleicht hatte ihn diese Erinnerung in gute Stimmung versetzt. *Hoffentlich!*

»Warte kurz!«, sagte er, stand auf und verließ das Zimmer.

Lenas Körper bebte vor Aufregung. Sie hatte keine Ahnung, was er holen würde oder worauf sie warten sollte. Ein Messer, eine Pistole, eine Drahtschlinge …

Verdammt! Ich muss meine Gedanken unter Kontrolle bringen. Das kann so nicht weitergehen. Auch wenn er eines dieser Dinge holt, mehr als schreien kann ich wohl auch nicht!

Er trat wieder in das Zimmer ein und hielt zwei bunte Tücher in der Hand. »Die sind besser als die Handschellen. Da hast du ein wenig mehr Bewegungsfreiheit.«

31

Vor fünf Jahren

In der Nacht hatte Bernhard kein Auge zugemacht. Bei jedem Furz einer Fliege hatte er in seinem Bett senkrecht gesessen. *Verfickte Scheiße!,* dachte er völlig verkatert in der Früh, als er vor seinem schwarzen Kaffee saß. *In diesem Haus muss jemand sein. Und ich muss diesem Spuk ein Ende bereiten. Spuk!* Dieses Wort hallte in seinem Hirn nach wie das Echo zwischen den

Bergwänden. Wie passend. Er lächelte zuerst noch, bevor er in schallendes Gelächter ausbrach. Er musste verrückt sein, an einen Spuk zu glauben. Oder an einen Fluch! Das gab es doch alles nicht.

Sollte er wieder zur Polizei gehen und von den Vorkommnissen gestern Abend berichten? Würden die ihn dann endgültig für verrückt erklären und ihn in eine Nervenklinik bringen? *Nein, zur Polizei kann ich auf keinen Fall gehen.*

Plötzlich hörte er ein Klappern an der Haustür. Der Briefschlitz, den normalerweise nur der Briefträger benutzte, und auch nur deswegen, weil er fünf Euro extra für diesen Service bekam, rastete mit einem Klicken wieder ein. Doch für den Postboten war es zu früh. Ein leiser Ton war zu hören, wie ein Papier, das auf den Boden fiel.

Vielleicht ein Zeitschriftenausträger?, grübelte Bernhard und starrte in Richtung Flur. Er erhob sich vom Stuhl, ging in den Vorraum, blieb kurz vor der Haustür stehen und starrte auf den weißen Umschlag, der vor seinen Füßen lag.

Die Vorderseite war nach oben gedreht. Allerdings stand kein Name darauf. Den Umschlag zierte ein schwarzer Strich an der Seite.

Solche Schreiben benutzte man doch bei Beileidsbekundungen, oder? Er kaute auf seiner Unterlippe und traute sich nicht, den Brief aufzuheben. War sein Schicksal hiermit besiegelt? Seine Gefühle fuhren Achterbahn, und es stieß ihm sauer in der Speiseröhre auf. Er wusste, nur wenn er den Brief aufhob und den Inhalt las, würde er Gewissheit haben. Doch wollte er Gewissheit?

In diesem Moment überkam ihn ein Schwindel, der ihn in die Knie zwang. Er sank auf den Boden. Und dann ging alles nahtlos ineinander über. Schwallartig kam eine übel riechende Masse aus seinem Mund heraus und ergoss sich über den Läufer, kleine gelbe Brocken blieben an seiner Hose kleben. Der saure Geruch, der Bernhard in die Nase kroch, veranlasste seinen Körper, nochmals alles aus ihm herauszulassen. Im letzten Moment griff er nach dem Umschlag und rettete ihn vor der Kotze. Und dann flennte er wie ein kleines Mädchen.

Er drehte den Umschlag in seiner Hand hin und her. Doch er würde ihn nicht öffnen. Auf keinen Fall wollte er wissen, was da drinstand. Das Einzige, was er wollte, war, dass er sein Leben, das er nur wenige Tage zuvor noch gehabt hatte, wiederbekam und aus diesem Albtraum entfliehen konnte.

Doch schlagartig versiegten seine Tränen, als ihm eines bewusst wurde: Nun hatte er einen Beweis in der Hand! Nun konnte die

Polizei ihn nicht mehr als Säufer und Geisteskranken abstempeln.

Jawohl, ich bringe diesen Umschlag auf die Dienststelle.

Wie einen Pokal hielt er ihn in die Höhe.

32

Gegenwart

»Es ist Zeit, Mutter!«, sagte ich und schaute zu ihr. Wie immer saß sie in ihrem Schaukelstuhl. Wo auch sonst? »Ich helfe dir beim Umziehen, ja?«

Sie nickte nur, schwieg aber.

»Mutter? Welches deiner Kleider möchtest du zum großen Fest anziehen? Lieber das dunkelblaue mit den gelben Sonnenblumen drauf oder das weiße mit den hellrosa Rosen?«

Ich schaute zu ihr. Doch wie immer sprach sie nicht mit mir. Schon vor langer Zeit hatte sie die Sprache verloren, oder sie war noch immer sauer auf mich wegen damals. Obwohl, so nachtragend konnte doch kein Mensch sein. Ich ärgerte mich über sie. Da kümmerte ich mich um sie, pflegte sie, und das war der Dank dafür. Ich rannte in ihr

Schlafzimmer, wühlte mich durch ihren Schrank und zog die beiden Kleider hervor. Ich hielt das blaue in der linken Hand und das weiße in der rechten. So stand ich Minuten später wieder vor ihr.

»Und welches nun?«

Es dauerte eine gefühlte Ewigkeit, bis sie zu mir aufsah und zu dem rechten Kleid schaute.

»Ja, ich finde auch, dass dies passender ist als das andere. Das ist eine gute Wahl, Mutter.« Ich trat näher an sie heran und drückte ihr einen Kuss auf die Stirn. Ich liebte sie doch. Sie war meine Mutter. Wenn auch nicht meine leibliche.

33

Gegenwart

Noch immer zog ein mulmiges Gefühl durch ihre Magengegend, als Helga an den Stein dachte, der heute in der Früh vor ihrer Haustür gelegen hatte. Was hatte das bloß alles zu bedeuten? Wer wollte ihr auf Biegen und Brechen einen Schrecken einjagen?

Daisy schaute sie vorwurfsvoll an, weil die Runde, die die beiden gegangen waren, keine fünf Minuten gedauert hatte.

»Schau mich nicht so an. Dein Herrchen kommt bald nach Hause, dann gehen wir gemeinsam, ja? Ich geh da nicht mehr allein hinaus. Da draußen ist ein Irrer.« Schon als sie aus dem Haus gegangen war, hatte sie dieses Gefühl gehabt, beobachtet zu werden. Doch nachdem sie sich mehrfach umgesehen hatte, hatte sie niemanden entdeckt. Aber das Gefühl blieb.

Ihr Handy gab einen Piepton von sich. Eine Terminerinnerung: ›*Anmeldung auf der Gemeinde.*‹

Ich fülle das sofort aus, sonst vergesse ich es. Das kann ich montags nach der Arbeit direkt dort vorbeibringen.

Sie suchte kurz in ihren Unterlagen, die sie fein säuberlich geordnet in den Wohnzimmerschrank gelegt hatte, und nahm die beiden Zettel heraus. Mit einem Kugelschreiber bewaffnet, setzte sie sich an den Küchentisch und füllte das Formular aus. In einem Kästchen ganz unten stand ›*Name in Blockbuchstaben, Unterschrift und Datum*‹. Sie schrieb ihren Namen hin, blätterte kurz im Kalender nach dem Datum von Montag und fing an, die Zahlen aufzuschreiben: ›*15.06.*‹ Da stockte sie plötzlich. Der Code auf dem Zettel, den sie als Botschaft bekommen hatte, war ein

Datum. Und zwar das Datum von Sonntag. *Morgen,* schrie es in ihrem Kopf. Sofort kramte sie die Botschaft hervor. Ja, es stand tatsächlich ›*140620*‹ auf dem Zettel. *Okay, morgen passiert es, aber was? Und was bedeutet J656?*

Was wäre, wenn diese Botschaft mit dem Stein und dem anderen Zettel zusammenhing? Wieder kramte sie und las erneut den Satz ›*Bist Du Ohne Sünde?*‹.

»Klar«, schrie sie laut auf und sprang von ihrem Stuhl empor. »Bist du ohne Sünde, so werfe den ersten Stein.« So oder so ähnlich stand das in der Bibel. Und der Stein hatte vor ihrer Haustür gelegen. Somit könnte die Buchstaben-Zahlen-Kombination eine Bibelstelle sein. Aber welche? Sofort machte sie sich auf die Suche im Internet.

34

Vor zwei Tagen

Lenas Körper erschauderte abermals unter ihm. Johannes schnaufte wie wild. Eine kleine Schweißperle hatte sich auf seiner Stirn gebildet. Und genau diese Situation war einer der Momente in Lenas Leben, die absurder nicht sein könnten. Anstatt sich davor zu ekeln, dass er sie anfasste, in sie eindrang, sie schändete, machte sie sich Gedanken um die eine Schweißperle, die immer größer und größer zu werden schien, und wartete auf den Moment, in dem sie mitten in ihr Gesicht platschte. Allein der Gedanke daran ließ ihr abermals eine Gänsehaut über ihren Körper laufen. Oder war es einfach nur eine Flucht aus der Realität? Aber wenn das so wäre, warum dachte sie nicht an die schönen Dinge, die sie erlebt hatte? Warum war sie noch immer in seiner Welt gefangen? Warum konnte sie nicht einfach an den Sommerurlaub mit ihrer besten Freundin Lissi denken? Warum musste diese Schweißperle sich ihr förmlich aufzwängen? Tausende von Fragen stürzten sich wie ein Rudel hungriger Wölfe auf sie. Noch immer starrte sie wie paralysiert auf den Tropfen, und ein paar Augenaufschläge später landete dieser, so als wäre es von ihm geplant gewesen, mitten in ihrem Gesicht. Panisch wand sie sich im Bett. Doch die Fesseln hielten ihre Hände zurück, und sie konnte nichts dagegen tun, als zuzulassen, wie ein Teil von Johannes auf sie übersprang. Sich in ihre Haut hineinfraß wie Säure. Das Böse wohnte nun in ihr.

»Dir gefällt es wohl auch, was?«, keuchte Johannes.

Du elender Scheißkerl, dein Schwanz soll dir abfaulen!

»Ja.«

Ab diesem Moment schloss sie einfach die Augen. Vermutlich dachte er, sie würde es genießen. *Ich kann gar nicht so viel essen, wie ich kotzen könnte. Verdammt, wie komm ich hier bloß weg? Meine Fesseln kann ich nicht selbst lösen und ...*

Als hätte jemand den Pause-Knopf gedrückt, hielten ihre Gedanken inne. Sie spürte seine Hand auf ihrem Bauch, die sich immer weiter nach oben in Richtung Brust schlängelte. Kurz darauf hatte er sein Ziel erreicht und massierte ihren Busen.

Himmel noch mal. Kann dieses Monster nicht einfach seinen Samen in mich ergießen, und fertig ist es? Diese Tortur endlich vorüber? Nein, jetzt glaubt er auch noch, dass er mir einen Gefallen tut, wenn er mich küsst und streichelt. Der Typ ist so krank in seinem Kopf. Versteht er nicht, dass ich hier nicht freiwillig bin? Was soll ich jetzt tun? Laut aufstöhnen wie eine Darstellerin in einem billigen Pornofilm? Was erwartet er von mir?

Vorsichtig öffnete sie ihre Augen. Sein schwarzes Haar war dicht über ihrem Brustkorb. Jetzt spürte sie seine Zunge, die mit ihrer Brustwarze spielte. Sie musste dringend etwas unternehmen! Aber was? Auch wenn der Einfall, der soeben in ihr Hirn eindrang, so widerwärtig klang, musste sie es versuchen. Sie musste! Eine andere Chance hatte sie wohl kaum.

»Komm, fick mich«, stöhnte sie und bäumte ihren Oberkörper auf, sodass Johannes zurückwich. *Bitte, bitte, bitte,* flüsterte sie in ihren Gedanken. *Bitte lass es funktionieren!*

Schlagartig packte er sie an ihrem Hinterteil und hob dieses ein wenig an. Er drang in sie ein, zuerst nur zaghaft, doch seine Stöße wurden wilder und heftiger.

Okay, nun noch eine Schippe drauflegen, dann sollte das hier gleich vorbei sein.

»Komm schon, mein wilder Tiger.«

Und tatsächlich verstand er. Nur Sekunden später verkrampfte sich sein Körper, und ein wohliges Stöhnen drang aus seiner Kehle. Für dieses Mal geschafft. Der Samen des Teufels floss aus ihr, als er seinen Penis aus ihr herauszog.

Vielleicht würde er sie nun für sein sexuelles Vergnügen jahrelang gefangen halten. Alles nur, weil sie ihn dazu

136

ermuntert hatte. *Fuck!* Was war besser? Der Tod oder jahrelange Gefangenschaft? Ehrlich gesagt konnte sie sich derzeit kaum entscheiden. Sie wollte beides nicht. Eine Möglichkeit, hier auszubrechen, das wollte sie, und daran arbeitete sie unermüdlich in ihren Gedanken.

»Lou?«

Sie erschrak, als er die Stille unterbrach.

»Ja?«, antwortete Lena zögernd.

»Liebst du mich genauso wie damals?«

»Ja. Natürlich.« *Du hast doch keine Ahnung, was Liebe ist, denn ansonsten würdest du mich hier nicht festhalten und vergewaltigen!*

»Morgen wirst du meine Mutter wiedersehen! Wir haben so wie jedes Jahr ein Abendessen geplant. Zwei Tage vor der großen Party, die ist ja am Sonntag. Auch die anderen Mädchen kommen, freust du dich schon?«

Andere Mädchen? Große Party? Fuck, wie viele hält er hier noch gefangen?

»Oh, das ist toll«, sagte Lena, ohne groß darüber nachzudenken. Lou hätte sich bestimmt gefreut, die Mädchen und auch die Mutter wiederzusehen. Sie wagte es kaum auszusprechen, da sie sich nicht sicher war, ob sie die Antwort wirklich wissen wollte, aber die Worte drangen aus ihrem Mund.

»Und wer kommt alles?«

»Du Dummerchen. Deine ganzen Freundinnen natürlich.« Ganz nah kam er an sie heran und drückte ihr einen Kuss auf die Stirn.

Schlagartig versteinerte sie, und ihr Hirn war wie leer geblasen. Doch sogleich antwortete sie ihm: »Schön! Ich freu mich sehr darauf. Ich hab sie doch so lange nicht mehr gesehen.« Im nächsten Moment hätte sie sich am liebsten für diese Aussage selbst geschlagen. Sie wusste natürlich nicht, wie lange Lou ihre Freundinnen, oder wen auch immer er hier noch gefangen hielt, nicht mehr gesehen hatte. Sie musste zukünftig vorsichtiger sein.

35

Vor fünf Jahren

»Hier«, sagte Bernhard schnaufend, als er Hauptkommissar Klausner das Kuvert auf den Schreibtisch knallte. »Das habe ich heute bekommen. Das ist sicher ein Drohschreiben, wieder von diesem Irren, der hier in der Gegend herumrennt.«

Klausner starrte zuerst auf den Umschlag und dann schaute er Bernhard direkt in die Augen. »Herr Schmied. Sie haben das ja noch nicht mal geöffnet. Wie können Sie wissen, was da drinsteht?«

»Sie halten mich noch immer für nicht zurechnungsfähig, was? Das ist wieder eine Botschaft. Das ist doch klar! Ich möchte, dass Sie endlich in die Gänge kommen mit Ihren Ermittlungen.«

»Wie wäre es, wenn Sie diesen Umschlag öffnen?«

»Ich? Sind Sie verrückt? Ich mach den sicher nicht auf, wer weiß, was da drin lauert.«

Klausner holte aus seiner Schublade Handschuhe hervor, zog sie an und nahm den Umschlag in seine Hände. Gleich darauf öffnete er ihn mit einem Brieföffner. Er zog eine Karte heraus, auf der bunte Luftballons zu sehen waren, in der Mitte stand ›*Einladung*‹. Klausner gähnte herzhaft. Er klappte die Karte auseinander und las den Text. Dann hielt er sie Bernhard direkt unter die Nase. »Sieht für mich nach einer Einladung zu einer Kindergeburtstagsfeier aus oder einer Sommerparty. Finden Sie nicht?«

Bernhard kniff die Augen zusammen und las laut. »Einladung zur Party. Feiere mit Cindy, Kelly, Lisa und vielen anderen Gästen die Party des Jahres. 14. Juni um 15 Uhr. Open End. Ich freue mich auf dein Kommen! Adresse hast du ja.« Bernhard konnte nicht fassen, was er da gelesen hatte. Für ihn klang das nicht nach einer gewöhnlichen Party. »Nein! Das ist sicher keine normale Einladung. Schauen Sie doch mal. Das Kuvert hat einen schwarzen Strich auf der Seite. Das ist doch für Beerdigungen gedacht.« Bernhard tippte darauf.

Doch Klausner schien das nicht zu interessieren, denn er schüttelte den Kopf. »Ich bin mir sicher, hierbei handelt es sich um ein großes Missverständnis.«

»Ich habe aber mysteriöse Botschaften bekommen. Eine mit einem Zahlen-Buchstaben-Code, und die andere war wie eine Art Puzzle. Irgendwas mit *ohne Sünde* stand dann da. Das kann doch alles kein Missverständnis sein. Machen Sie endlich Ihren Job!«

»Hört sich für mich wie eine lustige Schnitzeljagd an. Finden Sie nicht? Vielleicht hat das Kind, dass diese Einladung verschickt hat, eine falsche Adresse, und deswegen landet das alles bei Ihnen.«

Bernhard platzte der Kragen. »Woher soll ich das denn wissen? Das ist nicht meine Aufgabe, zu wissen, für wen diese Nachrichten sind. Wollen Sie den Umschlag nicht zumindest auf Fingerabdrücke untersuchen lassen?«

»Lassen Sie den Umschlag halt hier. Kein Problem.«

»Das war nicht die Antwort auf meine Frage.« Bernhard schnaubte wie ein Stier. Ihm war von einem Moment auf den anderen heiß geworden. Sein Kopf glühte förmlich.

»Herr Schmied, ich will ehrlich zu Ihnen sein. Für mich sieht das eher nach einer Verwechslung aus. Da steckt sicher nichts Besorgniserregendes dahinter. Gehen Sie nach Hause, beruhigen Sie sich, und dann sieht die Welt schon viel rosiger aus.«

Bernhards Faust schlug mit voller Wucht auf den Tisch, sodass die Papiere, die darauf lagen, einen Hüpfer machten. »Sie wollen mir nicht helfen! Vielleicht stecken Sie ja mit drin in diesem Komplott gegen mich. Sie vergessen anscheinend, dass jemand bei mir eingebrochen ist. Was muss denn noch alles passieren, dass Sie endlich in die Gänge kommen?«

»Über diesen Überfall«, sagte Klausner und malte mit seinen Fingern Gänsefüßchen in die Luft, »haben wir bei Ihrem letzten Besuch schon gesprochen. Beruhigen Sie sich erst einmal. Soll ich Ihnen den Psychologen rufen, damit Sie mit ihm Ihre Probleme besprechen können?«

»Ihr könnt mich alle mal am Arsch lecken! Erotisch oder reinigend, wie ihr wollt!« Mit diesen Worten schnappte Bernhard sich den Umschlag und die Karte, drehte sich um und verließ die Polizeistation, nicht ohne die Tür zu Klausners Büro hinter sich mit voller Wucht zuzuschmeißen. *Die haben sie wohl nicht alle! So einen Idiotenverein hab ich schon lange nicht mehr gesehen!*

Schnurstracks fuhr er nach Hause. Er kochte innerlich vor Wut, und am liebsten hätte er alles kurz und klein geschlagen.

Wieso glaubt mir die Polizei nicht? Wieso beschützen die mich nicht?

36

Gegenwart

Es war wie immer sehr anstrengend gewesen, Mutter in ihr Kleid zu bekommen. Obwohl sie in letzter Zeit deutlich abgenommen hatte. Das Kleid saß bei Weitem nicht mehr so perfekt wie noch einige Jahre zuvor. Soeben kämmte ich ihre schwarzen Haare und flocht ihr einen Zopf. Sie hatte ihre Haare immer so getragen.

»Mutter? Soll ich dir ein paar Blümchen ins Haar stecken?«

Sie nickte, und ein Lächeln zog sich über ihren Mund.

Schön! Ich hatte es immer geliebt, wenn sie glücklich war. Auch als Junge hatte ich mich immer an ihre Regeln gehalten, nur um von ihr ein Lob und ein Lächeln zu ergattern. Nicht so wie die anderen Kinder in diesem Haus, die sich nicht hatten benehmen können. Zufrieden strich ich mit meiner Hand über ihre Wange. Es ging ihr heute wohl besser als die Tage zuvor. Ich ging in den Garten hinaus und fand einige Gänseblümchen und Löwenzahn. Mit meiner Ausbeute kam ich ins Haus zurück, und als ich sie ihr ins Haar steckte, seufzte sie zufrieden. Ja, das hatte sie schon immer gemocht, wenn ich sie hübsch machte.

»Was meinst du? Soll ich einen kleinen Strauß pflücken und ihn in einer Vase auf den Tisch stellen? Würden sich die Mädchen darüber freuen?«

Mutter nickte und schloss ihre Augen. Es war Zeit für ihr Nachmittagsschläfchen, das sie am allerliebsten in ihrem Schaukelstuhl machte. So leise es mir möglich war, schlich ich aus dem Haus. Schließlich sollte sie doch ausgeruht sein, wenn heute Abend Lou und auch Cindy am Tisch saßen. Ich spürte die Vorfreude in mir aufsteigen. Ich war gespannt auf Lous Reaktion. Wie würde sie das Wiedersehen empfinden? Ich ließ den gestrigen Tag geistig Revue passieren. *Ja, sie hat gesagt, sie freue sich auf ihre Freundinnen.*

Zurück im Haus, mit den Blumen, die ich gepflückt und in der Mitte des Tisches platziert hatte, war die Zeit angebrochen, auch Lou für das große Wiedersehen herzurichten. Als ich in ihr Zimmer trat, entflammte sofort das Verlangen in mir, sie berühren zu müssen. Wie sie dalag, so verführerisch. Ihr Kleid war bis knapp unter ihr Becken hochgerutscht und präsentierte mir ihre Lustgegend. Der v-förmige Ausschnitt bot einen wunderschönen Ausblick auf ihre perfekten Brüste bis hinab zu ihrem Bauchnabel. Die Lust auf Lou, die mich in diesem Moment überfiel, war so unglaublich, es kribbelte in meiner

144

Magengegend oder tiefer oder vielleicht sogar beides. Ich konnte es nicht genau sagen. Auf jeden Fall musste ich mich beherrschen. Duschen, anziehen, kämmen. Das dauerte alles seine Zeit. Da war nicht viel Zeit für Kuscheln, oder doch?

»Hallo, Lou. Bist du bereit für den großen Abend?« Ich setzte mich zu ihr auf die Bettkante. Ich konnte nicht anders, ich musste ihre nackte Haut berühren. Zärtlich legte ich meine Handfläche auf ihren Bauch. Sie zuckte zurück, und sofort befiel eine Gänsehaut ihren gesamten Körper. Auch sie war erregt. Sie spürte ebenso die sexuelle Spannung, das Knistern, das den Raum elektrostatisch auflud.

»Ja«, hauchte sie mir entgegen.

Im ersten Moment wusste ich nicht, worauf sie antwortete. Vielleicht hatte ich meine Gedanken auch laut ausgesprochen. Nachdem ich nur auf ihren Körper starrte und nichts erwiderte, redete sie weiter.

»Komm. Ich brauche noch eine Dusche, bevor es zum großen Treffen kommt. Und ich muss mich noch extra hübsch machen. Bindest du mich los?«

»Vorher muss ich noch etwas erledigen. Dann bin ich ganz bei dir, ja?« Ich beugte mich über sie und drückte ihr einen Kuss auf den Mund. Sie erwiderte ihn.

37

Gegenwart

»Was?«, sagte Helga und starrte auf den Bildschirm. Es hatte gefühlte Stunden gedauert, bis sie die Bibelstelle gefunden hatte. Angefangen von Suchbegriffen wie ›*Bibelstelle J656*‹ bis hin zu biblischen Namen. Erst als sie ›*Johannes 6 56*‹ in den Browser eingab, erschien das Ergebnis, mit dem sie etwas anfangen konnte.

Wer mein Fleisch isst und mein Blut trinkt, bleibt in mir und ich in ihm.

Okay? Aber was hat das alles zu bedeuten? Ich verstehe das nicht. Das passiert anscheinend morgen. Will mich morgen jemand umbringen, um mein Blut zu trinken und mein Fleisch zu essen? Eine eiskalte Hand legte sich auf ihre Schulter und brachte alles in ihr abrupt dem Gefrierpunkt nahe.

Genau in diesem Moment hörte Helga das Schloss der Haustür klicken. Ein kühler Luftzug drang ins Wohnzimmer. *Jemand ist im Haus!* Sofort sprang sie auf, nahm den Stuhl in ihre Hände, um dem Einbrecher diesen über den Schädel zu ziehen, trat dicht an den Türrahmen heran und hielt die Luft an. *Dir werde ich es schon zeigen. Einfach in mein Haus einzubrechen! Ich zieh dir eine über deinen Schädel, dass dir Hören und Sehen vergeht.* So weit sie konnte, hob sie den Stuhl in die Höhe. Da! Schlurfende Schritte! Am liebsten wäre Helga davongelaufen. *Wie konnte ich nur glauben, dass ich gegen den Einbrecher eine Chance habe? Was ist, wenn ich ihn verfehle?* Die Gedanken stürmten alle auf einmal auf sie ein, wie eine Armee, die bis an die Zähne bewaffnet war und alles in Schutt und Asche legen würde.

Sie holte tief Luft, als ihr bewusst wurde, dass der Täter nur noch einen Schritt vom Wohnzimmer entfernt war. Wie gebannt starrte sie auf den Türrahmen und wartete, dass sie ihm in die Augen sehen konnte.

Auf einmal schoss Daisy aus dem Garten wie ein Pfeil an ihr vorbei, und die Hand, die sie von dem Täter zu sehen bekam, kam ihr bekannt vor.

Schon im nächsten Moment sagte eine Stimme: »Schatz, was ist denn los? Wieso hältst du den Stuhl in die Höhe? Und warum zitterst du am ganzen Körper?«

Frank nahm ihr den Stuhl ab, stellte ihn zur Seite, und kurz darauf lag sie in seinen Armen und schluchzte. Er streichelte sanft über ihren Rücken.

Es dauerte etwas, bis sie sich einigermaßen beruhigt hatte. »Morgen will mich jemand umbringen. Ich hab solche Angst.«

»Was? Wer will dich umbringen?«, sagte Frank und bugsierte Helga in Richtung Sofa. »Ich verstehe kein Wort. Ich hole dir mal etwas zu trinken, dann erklärst du mir alles, okay?«

Helga nahm Platz und wartete geduldig, bis Frank wiederkam. Jetzt konnte ihr nichts mehr passieren. Frank würde sie beschützen. Sie nahm das Trinkglas entgegen, das er ihr reichte. Das Wasser schwappte heraus, da ihre Hände zitterten wie Espenlaub. Nachdem sie einen Schluck getrunken und Frank seinen Arm um sie geschlungen hatte, fing sie an zu erzählen. Haarklein führte sie alles auf, was sie bisher herausgefunden hatte. »... diese Bibelstelle ist eine Drohung. Jemand will mich umbringen!« Bittere Tränen rannen ihre Wangen hinab. Am liebsten hätte sie jetzt ihre Koffer gepackt und wäre ab in ihre Heimat. Auf der Stelle!

Frank hatte seinen Zeigefinger an sein Kinn gelegt. Das machte er immer, wenn er überlegte. »Ich ruf jetzt die Polizei. Wir werden denen alles erzählen.«

»Die halten uns für komplett irre!«

»Nein, irre ist derjenige, der diese Spielchen mit dir spielt. Das ist doch nicht normal.« Er stand auf, ging in die Küche, um sich die Telefonnummer des Kommissars zu holen, mit dem die beiden schon einmal Kontakt gehabt hatten. Einen Augenaufschlag später stand er wieder im Wohnzimmer. In der einen Hand sein Handy, in der anderen einen Briefumschlag mit einem schwarzen Strich an der Seite. »Schatz? Was ist das? Ist jemand gestorben?«

Helga schrie, als sie den Umschlag sah, und klatschte sogleich ihre Hände auf den Mund. »Wo kommt der denn her?«, sagte sie fast tonlos.

»Der war an die Kühlschranktür gepinnt. Ich dachte, du hä...« Frank ließ den Umschlag auf den Boden fallen, als wäre er ein Stück glühende Kohle. »Es reicht. Der Kommissar muss herkommen. Das geht hier alles zu weit. Jemand ist in unsere Wohnung eingedrungen.«

Helga konnte nicht fassen, was ihr Ehemann gerade gesagt hatte. Es musste sich um einen Albtraum handeln, aus dem sie bald wieder aufwachen würde. Doch das Monster Realität holte sie wieder ein, als sie das Gespräch, das Frank mit dem Kommissar führte, mitverfolgte.

»Er kommt in einer Stunde hier vorbei«, sagte Frank, nahm wieder neben Helga Platz, und beide starrten auf den Umschlag, der eine Armlänge von ihnen auf dem Wohnzimmerteppich lag.

38

Vor fünf Jahren

Bernhard atmete den Rauch tief ein. Allerdings spürte er von der sonst beruhigenden Wirkung heute nichts. Er war wütend. Nein, stinkwütend. Er schnippte die Zigarette im hohen Bogen von seinem Balkon. Eigentlich hatte der Eigentümer des Reihenhauses neben seinem ihn schon einige Male darum gebeten, dies nicht zu machen, weil die Kippen meistens auf seine Grünfläche fielen. Doch heute war Bernhard das egal. »Soll der Alte doch herkommen! Dann kann ich mich wenigstens abreagieren«, murmelte er vor sich hin und zog die Balkontür hinter sich zu.

Verdammt. Was mache ich nun bloß? Im Stillen verfluchte er den Tag, an dem dieser Ärger begonnen hatte. Hätte er sich nicht mit dieser Nutte vergnügt, wäre er mit seinem Truck auf Achse und hätte von dem Ganzen hier nichts mitbekommen. Doch auch das Schwelgen in »was wäre, wenn« brachte ihn nicht weiter. Er musste schauen, dass dies endlich aufhörte, nur so bekam er seine Ruhe, die er mittlerweile dringend brauchte. Aber wie? Er dachte an die

Einladungskarte. Er kramte sie aus seiner Hosentasche hervor und las den letzten Satz.

›Adresse hast du ja.‹

»Nein, ich hab die Adresse nicht! Woher auch?«, brüllte er die Karte an, und einen Augenaufschlag später landete diese in der Ecke der Küche. Doch plötzlich kam ihm der Einfall. Natürlich. Das musste mit dieser Frau zusammenhängen, die er gesehen hatte. Er stierte aus dem Fenster. Das Haus lag so wie die anderen Tage zuvor friedlich da. Kein Mensch war zu sehen. Doch irgendetwas musste dort vor sich gehen. *Ich muss herausfinden, was es ist. Und diesmal werde ich mich nicht davon abhalten lassen. Ich hab keine Angst mehr.*

Wild entschlossen schnappte er sich seine Schlüssel und machte sich auf den Weg. Er nahm nicht wie letztes Mal die Abkürzung, sondern betrat hocherhobenen Hauptes die Einfahrt und schritt der Veranda entgegen. Die erste Stufe knarrte, als er darauf trat, und gleich darauf hämmerte er mit der Faust gegen die Tür.

»He, mach auf! Du blöder Spinner! Was willst du von mir?«, schrie er, doch im Haus rührte sich nichts. Durch die Glasscheiben neben der Tür konnte er ins Innere sehen. Doch außer weißen Laken, die die Möbel abdeckten, konnte er nichts sehen ... Wobei – war das nicht eine Handtasche auf dem Boden? Bei genauerer Betrachtung

151

stellte er fest, dass verschiedenste Utensilien auf dem Boden verstreut herumlagen. Ein Lippenstift, eine Packung Taschentücher und ein kleiner Notizblock waren aus der Tasche herausgepurzelt. Und auf den ersten Blick sahen die nicht verstaubt aus. Zumindest nicht so, als würden sie bereits zehn Jahre dort liegen. Hatten die beiden Polizisten, die in der Nacht hier waren, das nicht bemerkt? Alles andere in diesem Haus wirkte verlassen, fast schon gruselig. Aber irgendetwas stimmte hier nicht, ganz und gar nicht.

Er schaute sich genauer um. Die Veranda wirkte sauber, genauso wie die Fensterscheiben. Alles vermittelte den Eindruck, als würde hier jemand regelmäßig sauber machen, doch die abgedeckten Möbel im Innenraum deuteten eher auf die Abwesenheit der Besitzer hin. *Kommt hier jemand zum Putzen vorbei? Und wenn ja, warum? Warum macht man ein Haus sauber, in dem man nicht wohnt?*

Noch einmal hämmerte er gegen die Tür. Es musste jemand hier sein. Er hatte sich weder die Frau in dem weißen Kleid eingebildet noch den Lichtschein, den er im Haus gesehen hatte.

»Mach endlich auf! Ich weiß, dass du da bist. Du kannst dich nicht vor mir verstecken, du Irrer. Ich trete die Tür ein, wenn du sie nicht gleich öffnest. Ich zähle bis drei.« Bernhard musste eine Verschnaufpause einlegen. Sein Herzschlag hatte sich durch die Aufregung fast verdoppelt, und sein sowieso schon hoher Blutdruck schien ins Unermessliche gestiegen zu sein. Sein Brustkorb krampfte sich augenblicklich zusammen und raubte ihm für Sekunden die Luft zum Atmen. »Fuck«, keuchte er, als er seine Hand auf die linke Seite seines Oberkörpers legte und hustete. Das half immer, und schon ein paar Augenaufschläge später atmete er tief ein und wieder aus.

Als er sich einigermaßen beruhigt hatte und sich wieder an seinen ursprünglichen Plan erinnerte, fing er an, laut zu zählen. »Eins!« Bernhard lauschte, aber im Haus rührte sich nichts. »Zwei!« Wieder lauschte er, doch außer dem Rascheln der Blätter, die von der leichten Brise bewegt wurden, drang kein Laut an seine Ohren. Von einem Moment auf den anderen fühlte er sich verloren, denn er hatte gehofft, dass die Drohung, die Tür aus den Angeln zu heben, helfen würde. War vielleicht doch keiner hier? Sollte er lieber gehen? Die Gedanken rasten durch sein Hirn wie Autos auf einer Autobahn ohne Geschwindigkeitsbegrenzung.

Doch plötzlich hörte er aus dem Inneren ein Geräusch. Es klang wie ein gedämpfter Schrei, der sofort wieder verstummte. Im

153

ersten Moment dachte Bernhard noch daran, schnellstmöglich zu einem der Nachbarn zu laufen und die Polizei zu verständigen, doch er verwarf diesen Gedanken gleich wieder. Die würden ihm eh nicht glauben.

»Drei!«, schrie er, so laut er konnte, dennoch rührte er sich nicht vom Fleck. In Actionfilmen wäre jetzt der Held gegen die Tür gesprungen. Die Holzsplitter wären in alle Richtungen geflogen, und ein großes Loch würde ihm Eintritt gewähren. Doch Bernhard war eines klar: Im Film lief manches anders als in der Realität. Er würde sich eher stark verletzen, als dass diese Tür aus ihren Angeln sprang, geschweige denn zerbarst.

Du machst dich hier voll zum Affen!, hallte es durch seinen Kopf, und er hörte das schallende Gelächter. Doch auf einmal vernahm er Schritte aus dem Innenraum. Er konnte es kaum fassen, als die Haustür aufging. Ein junger Mann trat auf die Veranda. Sicher einen Kopf größer als er. Im ersten Moment dachte Bernhard noch daran, ob er ihm kräftemäßig unterlegen sei, doch der Fremde hatte ein Lächeln auf dem Gesicht.

»Hallo, Bernhard!«, begrüßte er ihn und streckte ihm die Hand entgegen.

Völlig perplex reichte Bernhard ihm wie automatisch die Hand. »Hallo. Woher kennen Sie meinen Namen?«

154

»Tritt ein, dann erkläre ich dir alles.« Eine einladende Handbewegung folgte.

»Ich will zuerst eine Erklärung für das ganze Theater hier.« Bernhard verschränkte seine Arme vor dem Oberkörper.

»Ich bin Johannes, und wir beide sind Freunde. Erkennst du mich nicht? Ich habe dich zu meiner Party eingeladen. Allerdings kommst du einen Tag zu früh.«

»Also bist du der Briefschreiber, derjenige, der mich mitten in der Nacht überfallen hat. Was willst du von mir? Und nein, Freunde sind wir beide sicher nicht.«

»Tritt doch ein, mein Freund. Dann reden wir miteinander.«

»Nein, ganz sicher nicht. Ich komm da nicht rein in dein Hexenhaus. Du bist ja komplett irre.«

Das waren vorerst die letzten Worte, die aus Bernhards Mund kamen, denn als er sich umdrehte, um Hilfe zu holen, bekam er mit einem harten Gegenstand einen Schlag auf den Kopf. Sein Schädel drohte zu explodieren, und genau in diesem Moment wurde Bernhard bewusst, dass er nun die Wahrheit erfahren würde, die er die ganze Zeit gesucht hatte. Eine Wahrheit, die für den einen den Tod und für den anderen Leben bedeutete.

155

39

Vor einem Tag

Lena starrte wie gebannt auf Johannes, der in dem uralten Kleiderschrank wühlte, ein Kleid nach dem anderen hervorzog, es sekundenlang in seiner Hand hin und her drehte, um es schlussendlich wieder zurückzuhängen. Die Entscheidung schien ihm nicht leichtzufallen, denn er murmelte mit monotoner Stimme vor sich hin: »Es muss perfekt sein.«

Lena graute vor dem Moment, in dem er sie wieder anfassen würde, noch mehr aber vor dem Zusammentreffen mit seiner Mutter. Des Öfteren hatte sie ihn gehört, wie er mit seiner Mutter gesprochen hatte. Doch ihre Stimme vernahm sie nie. Vermutlich würde sie gleich einer Leiche gegenübersitzen. Einem ausgedörrten Körper, an dem nur noch Fleischfetzen hingen. Fliegen hätten ihre Eier in allen nur erdenklichen Körperöffnungen abgelegt, und die weißen Larven nährten sich an den verbliebenen Resten. Erst vor Kurzem hatte sie einen Thriller gelesen, in dem ein Junge dies mit seiner Großmutter gemacht hatte, weil er in seiner Wahnvorstellung dachte, sie wäre noch am Leben.

Himmel noch mal! Ich will so was nicht live erleben. Das Kopfkino im Buch hat mir völlig gereicht. Tief durchatmen! Ich bin gewappnet für das, was nun passieren wird. Schlimmer kann es wohl kaum noch kommen!

Wieder hörte sie das Klicken, das der Kleiderbügel auf der Stange hinterließ. »Hast du ein Kleid in Orange? Ich finde ja, diese Farbe steht mir besonders gut. Findest du nicht?«, sagte Lena mit zitternder Stimme, doch Johannes reagierte nicht auf sie. Sie wollte dieses ganze Grauen, das nun auf sie zukommen würde, endlich hinter sich bringen. Schritt eins wäre eben, sich ein Kleid von dem Monster anziehen zu lassen. Was auch bedeuten würde, dass er sie losbinden müsste.

Schon einige Male zuvor – jedes Mal, wenn er sie in die Dusche brachte – hatte sie damit begonnen, die Schritte zur Zimmertür abzuzählen. Die Entfernung vom Schlafzimmer zur Haustür abzuschätzen. Sich immer und immer wieder den Weg durch das Haus einzuprägen. Es waren vier Schritte bis zur Schlafzimmertür, dann weitere sechs Schritte durch die Küche, dann nur drei Schritte bis zur Badezimmertür. Von dort aus schätzte sie, dass es nur noch wenige Schritte bis zur Freiheit wären. Jedes Mal, wenn er sie durchs Haus führte, hielt er sie an ihrem Oberarm fest. Und zwar so fest, dass hinterher seine Fingerabdrücke klar zu sehen waren. Sie musste ihn dazu bringen, ihr endlich zu vertrauen.

Johannes kramte noch immer im Schrank. *Woher er wohl die ganzen Kleider hat?*, fragte sie sich. *Hat er die alle gekauft für die Frauen, die er hier festhält?* Es waren unzählige, in verschiedenen Farben und Ausführungen. Noch immer hatte er keine Auswahl getroffen. Soeben legte er ein gelbes Kleid mit grünen kleinen Blümchen auf das Bett und betrachtete es eingehend.

»Also, ich find das sehr schön«, sagte Lena und hoffte, dass er sich endlich entscheiden würde. Für sie war es eine innere Zerreißprobe. Die Anspannung war kaum mehr auszuhalten. Warum musste er es denn so spannend machen?

»Dann nehmen wir das. Schön, wenn dir meine Wahl gefällt. Das freut mich.« Er lächelte. Und dieser verliebte Blick.

Lena würgte den Kloß hinunter, der sich augenblicklich gebildet hatte.

»Na, dann mach ich dich mal los, und du bist ein braves Mädchen, ja?«

»Aber natürlich … mein Schatz«, brachte sie gerade noch heraus, bevor die Magensäure bitter ihre Speiseröhre hinaufkroch.

»Oh!«, sagte er erstaunt, und Tränen bildeten sich in seinen Augenwinkeln. »Das hast du noch nie zu mir gesagt.« Er drückte sie fest an seinen Körper, sodass sie kaum Luft zum Atmen bekam.

»Komm, binde mich los. Dann kann ich mich anziehen. Wenn du möchtest, kannst du zuschauen. Ich mach dann auch ganz langsam.« Lena war erstaunt über ihren Mut. Jede andere hätte Rotz und Wasser geheult und um ihr Leben gebettelt.

Er ließ sie augenblicklich los und schaute sie mit großen Augen an. »Wirklich? Das würdest du machen für mich?«

»Ja, natürlich. Wir sind doch ein ... Paar.« Das letzte Wort bekam sie kaum über die Lippen, und als sie es ausgesprochen hatte, konnte sie es selbst nicht fassen.

Johannes band sie los und setzte sich auf die Bettkante. Seine Augen waren auf sie gerichtet. Er knetete seine Finger. Er schien so aufgeregt wie ein kleines Kind, das auf das Christkind wartete. Lena stand auf und stellte sich ihm gegenüber hin. Noch nie in ihrem Leben hatte sie sich für sich selbst oder ihren Körper geschämt. Noch nie waren Schamgefühl und Ekel so nah beisammen gewesen. Kurz atmete sie ein, bevor sie die Träger ihres Nachthemdes von ihren Schultern zog und ihm nackte Haut präsentierte. Sofort kamen ihr die Töne von Sidos *Strip für mich* in den Kopf. Allerdings ging es in Lenas Fall nicht um Geld, sondern um ihr Leben. Dafür würde sie jetzt den besten Strip hinlegen, den er je gesehen hatte. Wenn überhaupt schon jemals eine Frau freiwillig für ihn gestrippt hatte, was sie sich kaum vorstellen konnte.

Rhythmisch zu dem Lied in ihrem Kopf bewegte sie ihre Hüften lasziv, und sein lüsterner Blick verriet ihr, dass er es geil fand, was sie ihm bot. Ihre Brüste tanzten im Takt mit, und sie hielt das Unterteil ein Stück unter ihrem Becken fest. So schwangen auch die kleinen Perlen, die auf dem Rockteil befestigt waren, zu der unhörbaren Musik. Lena versuchte, die Gedanken an die bevorstehende Flucht zu verdrängen, versuchte, sich zu beherrschen, um nicht in Ohnmacht zu fallen vor Aufregung, versuchte, nicht sie selbst zu sein, sondern einfach nur eine billige Stripperin, die ihrem Kunden eine Show bot. Sie drehte ihm den Rücken zu und ließ das Unterteil gen Boden sinken. Weiterhin bewegte sie ihre Hüfte und brachte ihre Pobacken zum Wackeln. Ihr Herz pochte gegen ihren Brustkorb, sodass sie glaubte, es würde gleich ihre Rippen sprengen. Das Adrenalin rauschte förmlich in ihren Ohren. Sie hoffte, dass er nicht gleich über sie herfallen würde, obwohl sie es schon provozierte. Aber eigentlich war es reine Überlebenstaktik. Wenn er sie als Sexspielzeug nahm, dann würde sie weiterleben. Und das hatte im Moment Vorrang.

Sie drehte sich zu ihm um, und fast hätte sie erleichtert aufgeatmet. Er saß noch immer auf der Bettkante. Sein Mund war leicht geöffnet, und wenn sie nicht alles täuschte, zog sich gerade ein seidener Speichelfaden von seinem Mundwinkel auf seinen Brustkorb. Lena zwinkerte ihm zu, schnappte sich das Kleid, das noch immer auf dem Bett lag, und zog es elegant über. Nicht ohne nochmals die Hüften kreisen zu lassen, bevor der Stoff ihre nackte Haut bedeckte.

Teil eins geschafft, dachte sie und lächelte ihn an, als sie ihre Hände in die Seiten stemmte. »Was ist jetzt? Gehen wir?«

Er konnte nichts erwidern. Er war erstarrt. Vermutlich tanzte Lena noch immer vor seinen Augen.

Sie machte einen Schritt auf ihn zu und fragte erneut: »Gehen wir?«

Erst jetzt löste sich seine Schockstarre, und er stand auf. Dann nahm er ihre Hand in seine und führte sie hinaus in die Küche.

»Bleib hier stehen«, sagte er ihr, ließ sie los und verschwand im Zimmer nebenan, wobei er sorgfältig darauf achtete, dass er die Tür hinter sich wieder zuzog. *Abhauen!,* kam es Lena als Erstes in den Sinn, doch in der nächsten Sekunde hörte sie seine Stimme aus dem angrenzenden Raum. »Mutter, Lou ist bereit!«

Ich muss mich konzentrieren. Wie viele Schritte sind es von hier?

Die Tür öffnete sich, und klassische Musik erklang aus dem Raum, der vermutlich das Esszimmer war. Er reichte ihr seine Hand, und sie nahm sie an. Was sonst? Abhauen ging wohl jetzt nicht mehr. Sie musste Lou sein, und Lou würde sich freuen über Johannes' Mutter.

Als Lena ins Zimmer eintrat, kam ihr ein süßlicher Geruch entgegen. Moschusartig und verfault. Im ersten Moment atmete sie auf, als sie zum Tischende blickte. Dort saß keine Leiche, kein Skelett, keine Wachsfigur. Sondern nur …

Doch schon als sie sich einen Schritt näherte, brannte sich dieses Bild in ihren Kopf ein. Das würde sie nie wieder vergessen können. Der Geruch, der vom Tischende kam, verstärkte sich. Er war wie der Geruch, den die tote Maus verströmt hatte, die sie vor Jahren in ihrem Küchenkasten nach einem zweiwöchigen Urlaub gefunden hatte. Allerdings war dieser Gestank jetzt um einiges massiver. Der Tod persönlich saß am Kopfende und lachte sie freundlich an.

40

Gegenwart

»Also, noch mal von vorne«, sagte Hauptkommissar Klausner, nahm auf dem angebotenen Hocker Platz und schaute Helga an. Daisy legte sich direkt auf Helgas Füße. Sie spürte das Gefühlschaos, das in ihr herrschte. »Hat Sie jemand bedroht in letzter Zeit? Haben Sie irgendwelche Feinde, von denen ich wissen sollte?«

Während er sprach, zog er sich blaue Handschuhe an und hob das Kuvert vom Boden auf. Gleich darauf förderte er eine bunte Einladungskarte zutage.

»Nein. Ich habe keine Ahnung, wer hier dahintersteckt. Und nein, ich habe keine Feinde«, sagte Helga und drückte Franks Hand.

Als Klausner die Karte aufklappte, kam es Helga so vor, als würden seine Augen größer werden. Er stieß einen leisen Pfiff aus. »Das nehmen wir mit, ja? Das müssen wir auf Spuren untersuchen lassen. Erkennen Sie diese Schrift?« Klausner zeigte die Karte zuerst Frank und dann Helga.

Einladung zur Party. Feiere mit Kelly, Lisa und Lou und vielen anderen Gästen die Party des Jahres. 14. Juni um 15 Uhr. Open End.

163

Ich freue mich auf dein Kommen! Adresse hast du ja.

»Aber ich kenne niemanden, der diese Namen trägt. Und ich weiß auch nicht, welche Adresse hier gemeint ist. Das ist doch eine Morddrohung!« Mit zitternden Fingern deutete sie auf die geschriebenen Worte.

Klausner zog die Karte zurück, holte einen durchsichtigen Beutel aus seiner Jackentasche und tütete die Karte ein. »Schauen Sie, Frau Körner. Hier steht nichts davon in dem Text, dass Ihnen jemand etwas antun möchte.«

»Aber die Botschaft, die ich bekommen habe mit der Buchstaben-Zahlen-Kombination. Das ist eindeutig eine Bibelstelle«, sagte Helga und zeigte dem Kommissar nochmals ihre Rechercheergebnisse.

Klausner las den Satz laut vor. »*Wer mein Fleisch isst und mein Blut trinkt, bleibt in mir und ich in ihm.* Sie sagten, jemand ist hier eingebrochen und hat die Karte an den Kühlschrank gepinnt?« Klausner wandte sich an Frank.

»Ja, aber ich habe nachgesehen. Es wurde nichts gestohlen. Es ist alles noch im Safe. Auch sonst ist mir nichts aufgefallen.«

»Also, Sie meinen, der Täter hat nur die Karte hier hinterlegt und ist wieder verschwunden?«

Frank nickte.

»Der Stein liegt vorne an der Hausecke«, sagte Helga, und ihre Stimme zitterte. »Aber ich hab ihn angefasst. Ist das ein Problem?«

»Nein, wir nehmen natürlich Ihre Fingerabdrücke, sowie Ihre selbstverständlich auch«, sagte Klausner und zeigte zuerst auf Helga und dann auf Frank. »Dann können wir die unbekannten durch unser System laufen lassen.«

»Und wie geht es weiter?«, fragte Frank.

»Na ja, wir beginnen zu ermitteln. Ehrlich gesagt sehe ich da Parallelen zu einem Selbstmord hier.«

»Selbstmord?« Ein Schauer überfiel Helga. »Ich dachte, dort drüben in dem Haus wurde jemand ermordet.«

»Ja, das ist richtig. Allerdings gab es vor fünf Jahren einen Selbstmord hier. In Ihrem Reihenhaus. Genau genommen im oberen Stock.«

»Was?« Helga konnte nicht fassen, was ihr der Polizist erzählte, und sprang von ihrem Platz auf.

»Ich kann Ihnen derzeit nichts Genaueres sagen. Ich muss dazu erst die Unterlagen prüfen und sehen, ob es hier einen Zusammenhang geben kann. Das ist nun reine Polizeiarbeit. Für Sie gilt: Machen Sie sich keine Sorgen, und sobald Ihnen irgendetwas seltsam vorkommt oder Sie Personen sehen, die hier vor Ihrem Haus herumschleichen, verständigen Sie sofort mich oder meine Kollegen.«

»Das ist alles, was Sie tun? Ist das Ihr Ernst, dass Sie uns alleinlassen mit diesem Psycho?«, fragte Frank, und Helga sah, wie sein Gesicht die Farbe einer überreifen Tomate annahm.

»Wir werden hier vermehrt nach dem Rechten sehen und öfter eine Streife vorbeischicken. Mehr kann ich momentan nicht für Sie tun.«

»Aber die Drohung, der Stein, die Botschaften. Jemand hat es auf uns abgesehen.« Frank ballte seine Hände zu Fäusten.

»Wie gesagt, ich bin jederzeit für Sie erreichbar. Und wir sind sofort bei Ihnen, wenn etwas sein sollte. Aber mir sind die Hände gebunden. Viel mehr kann ich zum jetzigen Zeitpunkt nicht für Sie tun.«

»Das ist unerhört! Was heißt hier, Sie können nichts machen? Das ist Psychoterror!«

»Ich werde auf jeden Fall eine Anzeige gegen unbekannt schreiben. Allerdings sind momentan die Anhaltspunkte sehr rar, dass es sich hierbei wirklich um eine Drohung handelt. Es gibt nicht mal eine Täterbeschreibung.«

»Verlassen Sie unser Haus! Sofort!«, schrie Frank und spuckte dem Hauptkommissar Speicheltropfen entgegen. Seinen Arm hielt er ausgestreckt, und er deutete mit seinem Finger Richtung Ausgang. Sein Körper bebte. Ein paar Sekunden länger, und der Vulkan, der in ihm brodelte, würde ausbrechen. So wütend hatte Helga ihn noch nie erlebt. Ihr Ehemann war außer Rand und Band, und sie selbst hätte sich gern in eine Maus verwandelt, die sich in einem kleinen Loch verstecken würde, um diesem Irren, der es auf sie abgesehen hatte, zu entfliehen.

Ein paar Augenaufschläge später fiel die Haustür mit einem Knall zu. Helga stand neben dem Sofa und konnte kaum begreifen, was der Kommissar ihr eben gesagt hatte. Sie kniff sich in den Unterarm, und sofort kam der Schmerz. Sie war in der Realität, und sie fühlte sich gefangen in ihrem eigenen Haus. Bedroht von jemandem, den sie nicht kannte. Wo sie nicht einmal wusste, was genau dieser Jemand mit seinen Botschaften zu bezwecken gedachte. Wenn derjenige ihr nur Angst einjagen wollte, dann hatte er sein Ziel bereits weit überschritten. Helga hatte nicht nur Angst. Mittlerweile bangte sie um ihr Leben, und um das von Frank.

41

Vor fünf Jahren

Leicht benommen von dem Schlag auf den Kopf kam Bernhard wieder zu sich. Es konnten nur Minuten gewesen sein, die er bewusstlos war. Er öffnete seine Augen – zumindest versuchte er es –, allerdings durchbohrte ihn ein Schmerz, der sich anfühlte wie eine Abrissbirne, die gegen seinen Schädel donnerte, und er schloss sie wieder.

»Verfickte Scheiße«, murmelte er. Bernhard versuchte, sein Schmerzempfinden weitmöglichst auszublenden. Doch das Hämmern, das sich vom Hinterkopf bis zu seiner Stirn zog, blieb. Tock, tock, tock. In gleichmäßigen Abständen, wie der Takt zu einem ihm unbekannten Lied.

»Man darf nicht fluchen in Gegenwart einer Dame.«

Er hörte die Stimme, die eindeutig von dem Mann stammte, mit dem er sich erst vor ein paar Minuten unterhalten hatte, doch sie klang höher. Bernhard zwang sich, die Augen zu öffnen, und sah Johannes, der ihm in einem kurzen, eng anliegenden Kleid und mit einer Perücke mit halblangen braunen Haaren gegenübersaß. Sein Hirn konnte diese Information im ersten Moment nicht verarbeiten, und er glaubte, es wäre vielleicht nur der Schock, der ihm dieses Bild vorgaukelte.

Doch sogleich sagte Johannes: »Hast du mich gehört?« Er kam näher an Bernhard heran und streichelte sanft über seine Wange. Bernhard zuckte augenblicklich zurück, versuchte aufzustehen, doch erst jetzt bemerkte er, dass er mit Klebeband an einen Stuhl gefesselt war. Er war in einem Raum eingeschlossen mit diesem kranken Hirn. Gefesselt an einen Stuhl, der einer von vielen war, die rund um den dunklen, fertig gedeckten Esstisch standen.

»Hilfe!«, schrie Bernhard, so laut er konnte.

Johannes begann, schallend zu lachen, sodass seine Haare hin und her flogen.

Ist der komplett durchgedreht?

»Schrei nur! Dich hört hier sowieso keiner. Außer vielleicht Cindy. Aber Cindy stört das nicht. Da bin ich mir sicher.« Johannes grinste.

»Was willst du Drecksack von mir? Binde mich sofort los!«

»Na, na, na«, sagte Johannes und bewegte seinen Zeigefinger hin und her. »Nicht fluchen. Das ist unhöflich. Muss ich dir erst Manieren beibringen? Bernhard, du hast mein Rätsel gelöst. Du kannst stolz auf dich sein.«

169

»Was für ein Rätsel? Ich habe nichts gelöst.« Genau dies war der Moment, in dem es Bernhard wie ein Pfeil durch seine Gedanken schoss, dass es Cindy gewesen sein musste, die er in der Einfahrt gesehen hatte.

Wie komm ich nur von diesem Gestörten wieder weg?

»Na, du weißt doch, dass morgen meine Party ist, und du bist geschickt worden, um mich zu prüfen. Du darfst bis morgen mein Gast sein. Freust du dich?«

»Du gestörter Wixer. Wenn du mich nicht gleich losbindest, passiert noch ein Unglück.« Als er dies ausgesprochen hatte, empfand er sich selbst als geisteskrank. Denn was sollte er schon großartig ausrichten, wenn er gefesselt bleiben würde?

»Bernhard. Ich ermahne dich zum letzten Mal. Wenn du nicht gleich aufhörst, dann wirst du heute nicht am Abendmahl teilnehmen. Dabei hat sich Mutter schon so auf dich gefreut.«

Die Worte drangen zwar in seinen Gehörgang, allerdings verstand er die Botschaft dahinter nicht. Verwirrt blickte er Johannes an. Dieser hatte seine Stirn in Falten gelegt. Vermutlich erwartete er nun eine Entschuldigung oder Ähnliches oder keine Ahnung, was ein Psycho sich von seinem Opfer so erwartete.

170

Somit murmelte Bernhard eine Entschuldigung vor sich hin.

Johannes nickte zufrieden, und wieder wippten seine Haare im Takt mit. »Sehr brav. Das wird Mutter gefallen.« Er stand auf und verließ den Raum.

Bernhard riss an dem Klebeband, das um seine Handgelenke gebunden war. Doch er konnte sich nicht befreien. Schon näherten sich erneut Schritte. Der Geruch von Chlor stieg ihm in die Nase, und je näher Johannes kam, umso stärker wurde der Geruch.

»Du wirst jetzt mal ein bisschen schlafen. Das wird dir guttun. Ich hole dich dann, wenn es so weit ist.«

Noch bevor Bernhard den Sinn hinter diesen Worten begreifen konnte, presste Johannes ihm einen Lappen aufs Gesicht. Der Gestank, der von diesem ausging, zerfraß sofort seinen Verstand, und es legte sich Schwärze über seine Augen.

42

Gegenwart

»Jetzt steht dort schon wieder ein Polizeiauto«, murmelte ich und schüttelte meinen Kopf. »Das ist wie damals bei meinem Freund Bernhard.« Ich starrte wie gebannt aus dem Fenster. Angst verspürte ich keine, doch ich musste vorbereitet sein auf den Moment, falls die Uniformierten doch bei mir vorbeikommen sollten. Schließlich durfte niemand etwas merken, dass hier bald die große Party stieg. Ich schnappte mir das Laken und warf es über den Tisch. Sofort schmiegte es sich an das Gedeck, doch durch die halb offenen Lamellen der Fensterläden würde man dies mit Sicherheit nicht bemerken. Schlussendlich war es dunkel im Zimmer. Ich stapfte in den Vorraum hinaus. Durch die Glasscheibe konnte man von draußen ins Innere sehen, und ich suchte schnell jeden Winkel ab, sodass ungebetene Besucher nichts Verdächtiges sehen könnten. Sicher war sicher.

Ob sie heute schon vorbeikommen würde? Oder würde sie auf morgen warten? Ich komme sie auch abholen, wenn sie das möchte!

43

Vor einem Tag

Eine Schaufensterpuppe! Das, was im ersten Moment nicht so schlimm ausgesehen und fast schon Erleichterung in Lena ausgelöst hatte, war auf den zweiten Blick dem blanken Entsetzen gewichen, als sie sah, was diese Puppe auf ihrem Kopf trug. Die Haare hingen zottelig herab, zwischen den hellbraunen Partien waren dunkelbraune verklebte Klümpchen. *Getrocknetes Blut,* schoss es Lena in ihr Hirn. Denn an einigen haarlosen Stellen auf dem netzartigen Gewebe, das die Perücke am Kopf der Puppe festhielt, war ausgedörrtes Fleisch zu sehen. Die durchsichtigen runden Punkte waren vermutlich Klebstoff, zumindest hoffte Lena dies. Johannes hatte ihr mehrere Gänseblümchen wie eine Krone um den Kopf gelegt.

»Mutter! Kannst du dich noch an Lou erinnern?«, sagte Johannes und strahlte über das ganze Gesicht.

Lena zögerte. Zuerst konnte sie gar nicht reagieren, dann stürzten die Gedanken auf sie ein wie ein sintflutartiger Regenschauer.

Was mach ich nun? Soll ich etwas sagen? Doch lieber schweigen? Laut schreien? Mich setzen? Lächeln? Davonlaufen?

173

Doch sie wurde von Johannes unterbrochen, der fast wie im Befehlston zu ihr sprach. »Lou? Möchtest du Mutter nicht begrüßen?«

»Oh, natürlich. Ich freue mich, Sie wiederzusehen«, sagte Lena wie aus der Pistole geschossen.

»Aber, Lou!«, sagte Johannes, nahm sie an ihren Schultern und drängte sie näher an die Puppe heran. »Mutter möchte sicher einen Kuss von dir. Siehst du nicht, wie sie sich freut?«

Nein, das sehe ich nicht, du kranker Mistkerl. Ich sehe eine leblose Puppe vor mir, mit Haaren, die von einem lebenden Menschen stammen. Den du umgebracht hast.

»Natürlich!« Lena rang sich ein Lächeln ab, versuchte, nur durch den Mund zu atmen, um dem aufdringlichen Gestank zu entgehen. Doch auch das half nur bedingt, denn je näher sie den Haaren kam, umso stärker wurde dieser widerliche Moschusduft, der im Vergleich zu dem Gestank von faulen Eiern das Rennen haushoch gewann.

Grüne Blumenwiese, der Geruch von frisch gemähtem Gras liegt in der Luft. Die Sonne strahlt warm vom Himmel!

Lena bemühte sich, die Puppe nicht zu berühren, dennoch beugte sie sich so weit wie möglich vor, um so zu tun, als würde sie

174

diesem Ding einen Kuss auf die Wange drücken. Natürlich mit dem typischen Schmatzgeräusch. Schnell entfernte sie ihren Oberkörper wieder von dem Objekt.

Noch bevor Johannes reagieren konnte, sagte Lena: »Darf ich mich schon setzen? Hilfst du mir mit dem Stuhl?« *Einfach so tun, als wäre es das Normalste der Welt, den Tod höchstpersönlich neben sich sitzen zu haben. Wenn er jetzt glaubt, ich krieg hier auch nur einen Bissen hinunter, ohne zu kotzen, dann muss ich ihn wohl enttäuschen.*

»Selbstverständlich helfe ich dir, Lou.« Johannes zog den Stuhl unter dem Tisch hervor, Lena setzte sich darauf, während er den Stuhl für sie zurechtrückte. Porzellangeschirr mit Goldrand stand auf dem Tisch, das Silberbesteck lag fein säuberlich neben den Tellern. Ein kleiner Blumenstrauß stand in einer Vase in der Mitte des Tisches.

»Ich hole mal die Suppe, ja? Damit meine Damen eine Stärkung bekommen.« Mit diesen Worten verschwand er aus dem Raum und ließ Lena mit dem Grauen zurück.

Ein mulmiges Gefühl stieg in ihr auf. *Wenn er mich nun für immer behalten möchte? Muss ich das bis ans Ende meiner Tage ertragen? Was ist, wenn er von mir verlangt, dass ich ihre Haare kämmen soll? Oder ich bin das Ersatzteillager!* Erschrocken über ihren eigenen

175

Gedankengang erschauderte sie und schaute sich panisch um. Flucht! *Einfach nur weg von hier.*

Johannes betrat das Zimmer mit einem großen Suppentopf in beiden Händen. Der Inhalt dampfte noch. Fast magisch wurden Lenas Augen von dem Metall angezogen. *Wenn ich nun aufspringe, ihm die heiße Suppe ins Gesicht schütte, hätte ich dann genug Zeit, aus dem Haus zu laufen?*

»So, hier ist dein Teller, Lou. Wenn du mehr möchtest, brauchst du nur etwas zu sagen.«

In Lenas Magen grummelte es verdächtig, als die Suppe, die vermutlich aus einer Dose stammte, vor ihr stand. So akkurat geschnittene Frankfurter Würstchen und Kartoffelstücke konnte man kaum in der heimischen Küche herstellen. Erbsen-Kartoffel-Eintopf, stellte Lena nach genauerer Betrachtung fest.

Johannes hatte indessen auch seiner Mutter – oder wie man das auch immer bezeichnen mochte – einen vollen Teller hingestellt. Er hatte sich Lena gegenübergesetzt.

»Lasst uns ein Tischgebet sprechen. Lou, möchtest du uns diese Ehre erweisen?«

Ach du Scheiße! Ein Tischgebet! Moment mal, dachte sie sich und kramte in ihrem Hirn nach verfügbaren Gebeten, die sie irgendwann in ihrem Leben einmal gehört

176

hatte. Bei ihr zu Hause war keiner gläubig gewesen, auch wenn ihr Vater manchmal geschrien hatte: »Ihr seid doch alle von Gott verlassen!«, war das vermutlich kein Zeichen von Glauben.

»Lieber Herr ...«, begann Lena und wurde sofort schroff von Johannes unterbrochen.

»Lou, wir müssen uns an den Händen fassen! Hast du das etwa vergessen?«

»Ja, entschuldige meine Unachtsamkeit.«

Er reichte ihr seine Hand über den Tisch, und sie legte ihre Hand darauf. Bei der Puppe war das etwas schwieriger, musste sie feststellen, denn als sie nach der Plastikhand griff, bewegte sich eine Haarsträhne und landete auf ihrem Unterarm. Lena schluckte den Ekel hinunter, der in Form von Magensäure in ihr aufstieg. Eine einzelne Träne rann über ihre Wange.

»Alles okay, Lou?«, fragte Johannes, und als sie zu ihm sah, traf sie sein besorgter Blick.

»Ähm ...«, sagte sie und rang nach Worten. »Natürlich. Alles in Ordnung. Ich bin einfach nur so ... überwältigt.« *Ja, »überwältigt« war definitiv die richtige Wortwahl!*

»Schön. Also, sprichst du nun das Tischgebet?«, sagte er und fügte gleich ein »Bitte« hinzu.

»Lieber Herr, wir danken dir, dass ...« Sie stockte, als sie über das Ende dieses Gebetes nachdachte. Denn dieses war eher ein böser

177

Scherz als ein nettes Gebet. Es endete nämlich mit: *die Kinder in Afrika hungern und nicht wir.* Das musste sich irgendwann einmal in ihr Hirn eingebrannt haben. *Welch einen schrecklichen Schwachsinn man sich merkt!* Schnell überlegte sie sich eine andere Lösung. »... dass du uns die Gaben hier gegeben hast. Und uns liebst und als deine Kinder ansiehst.« *Okay, das sollte reichen.*

Ein Lächeln krönte das Ende des Gebetes. Langsam entfernte sie ihre Hand von der Puppe, und die toten Haare streichelten sie. Ein kalter Schauer legte sich über ihren Körper. Sie musste wieder an etwas Schönes denken. Aber an was? Momentan waren ihre Gedanken gefangen in der Realität, die wie ein Schneesturm ohne Rücksicht über sie hinwegfegte. Sie konnte hier nicht ausbrechen, weder gedanklich noch körperlich.

Sie griff nach dem Löffel und tunkte diesen sogleich in die Suppe ein. Von einem Hungergefühl war sie weit entfernt, daher musste sie sich zwingen, die Suppe in ihren Mund zu befördern, sie zu schlucken, und was noch viel wichtiger war, sie nicht wieder über den gleichen Weg zurückkommen zu lassen. Das gelang auch. Irgendwie. Zumindest nachdem sie sich vorgestellt hatte, sie würde mit ihrer besten Freundin in ihrem Lieblingsrestaurant sitzen und die

Kürbiscremesuppe essen, die mehr als nur lecker war.

Plötzlich fiel ihr auf, dass für mehr als nur drei Leute gedeckt war, somit versuchte sie, Johannes auszufragen. Vielleicht konnte sie ihn ja gemeinsam mit den anderen Frauen überwältigen? Das wäre doch eine Idee. Es waren fünf Plätze leer. Somit wären sie sechs Frauen gegen einen Psychopathen. Das sollte funktionieren, musste funktionieren.

»Wo sind denn meine ... Freundinnen?«, sagte Lena und steckte sich den nächsten Löffel Suppe in den Mund.

»Du siehst sie erst bei der Party am Sonntag. Sie sind noch nicht bereit.«

Sind noch nicht bereit, hallte es wie ein Echo in ihrem Hirn nach. *Was war das für eine Wortwahl? Bereit? Bereit, wofür? Zu essen? Zu sterben? BEREIT, WOFÜR?,* schrie es in ihr, doch sie war froh, dass es nicht aus ihrem Mund herausplatzte.

»Ach, das ist schade«, sagte sie und machte einen Schmollmund, um ihre Aussage zu unterstreichen.

»Vielleicht lass ich morgen Cindy mit an den Tisch kommen. Mit ihr hast du dich ja immer toll verstanden. Was hältst du davon? Ich möchte dich doch glücklich machen.«

Dann lass mich endlich frei, du perverses Schwein! »Oh, das wäre natürlich sehr schön. Da freu ich mich jetzt schon drauf.«

179

44

Vor fünf Jahren

Als Bernhard seine Augen wieder öffnete, schaute er in verzweifelte blaue Augen, die ihn anstarrten. Sie war ans Bett gefesselt und hatte einen Knebel in ihrem Mund. Ihr schwarzes Haar lag sauber ausgebreitet wie ein Fächer um ihren Kopf herum auf dem Kissen.

Er selbst saß auf einem Stuhl, keine zwei Meter neben dem Bett. Gefesselt an Händen und Füßen. Allerdings ohne Knebel.

»Wir müssen hier raus!«, flüsterte er der unbekannten Frau zu. »Bist du Cindy?«

Die Frau schüttelte zwar zuerst ihren Kopf, doch dann nickte sie. Bernhard war verwirrt. *Was denn nun? Ja oder nein?*

»Okay, auch egal jetzt. Ich werde versuchen, meine Fesseln zu lösen, und dann helfe ich dir. Sei bitte leise. Keinen Mucks, okay? Ich will nicht, dass dieser Psycho auf uns aufmerksam wird.«

Sie nickte und beobachtete ihn, wie er seine Hände, die hinter seinem Rücken zusammengeknotet waren, auf die eine Seite der Stuhllehne drehte und mithilfe von Auf- und Ab-Bewegungen versuchte, das Klebeband zu zerreißen.

Nach etlichen Versuchen und gefühlten Stunden schaffte er es tatsächlich, sich von seinen Fesseln zu befreien. Sofort rannte er zu der Frau, und noch bevor er ihr das Klebeband vom Mund nahm, sagte er: »Leise! Ganz leise sein. Bitte krieg jetzt keine Panik. Das hilft uns gar nicht. Hast du das verstanden?«

Erst als sie nickte, entfernte er den Knebel mit einem Ruck. Sie zuckte zwar, gab aber keinen Laut von sich. Nachdem er die Seile von ihren Händen gelöst hatte, flüsterte sie ein »Danke«.

»Kannst du aufstehen?«, fragte er.

»Ja.« Sie setzte sich im Bett auf, und von draußen hörten die beiden die Stimme von Johannes, der sich anscheinend mit einer anderen Person stritt. Klare Worte konnten sie nicht herausfiltern. »Wie wollen wir hier herauskommen?«, fragte Cindy.

»Das weiß ich noch nicht so genau. Zuerst muss ich mal nachschauen, ob die Tür offen ist. Wenn ja, werden wir ihn suchen und dann überwältigen.«

Er drehte den Knauf, und tatsächlich öffnete sich die Tür einen Spalt. Er erblickte eine kleine Küchenzeile. Seine Nerven waren wie Drahtseile gespannt und drohten jeden Moment zu zerbersten. Die Stimmen, die sie gehört hatten, kamen aus einem der Nebenräume. Vermutlich aus dem linken, auf den er im Moment keine Sicht hatte.

Bernhard ging davon aus, dass sich Johannes mit sich selbst unterhielt.

Er drehte sich zu Cindy um. »Ich zähle nun bis drei. Dann laufen wir in das linke Zimmer. Dort ist er drin. Und er ist allein. Zu zweit schaffen wir das, okay?« Doch sogleich fiel ihm ein, dass er ihn wohl kaum einzig und allein mit seiner Körperkraft überwältigen konnte, da er ziemlich angeschlagen war. Und diese kleine zierliche Person an seiner Seite wäre ihm mit Sicherheit auch keine große Hilfe. »Warte«, sagte er zu ihr und schnappte sich den Stuhl. Den würde er ihm über seine Visage ziehen, sodass niemand ihn wiedererkennen würde. Mit dem Stuhl in der Hand stellte er sich wieder an die Tür. »Bei drei machst du die Tür mit Schwung auf, ich renne hinaus, du mir hinterher. Dann werde ich ihm das über den Kopf hauen. Du greifst dir irgendetwas Schweres, was dir in der Küche unterkommt. Durch die müssen wir durch. Hast du alles verstanden?«

Sie nickte. Tränen schossen wie Bäche ihre Wangen hinab, und sie zitterte am ganzen Körper. *Armes kleines Ding,* dachte Bernhard noch und begann zu zählen.

Bei »drei« schwang die Tür auf. Bernhard stürzte aus dem Zimmer, den Stuhl hielt er vor sich wie einen Rammbock. Er rannte durch die Küche, bog nach links ab und stieß mit seinem Fuß die Tür auf. Sofort hob er seine Waffe in die Höhe und schmetterte sie in Richtung Johannes' Kopf. Doch Johannes wich aus und der Stuhl zerbrach auf dem Boden in tausend Einzelteile.

Hinter sich hörte Bernhard einen schrillen Schrei und gleich darauf jemanden an der Eingangstür rütteln.

»Wie gut, dass ich immer vorsorge«, sagte Johannes, als er Bernhard den Lappen mit der scharfen Flüssigkeit auf den Mund drückte. Nur noch am Rande bekam Bernhard mit, dass Johannes Cindy überwältigte und zurück in ihr Zimmer schleifte. Bernhard jedoch sollte einen besonderen Platz bekommen, zumindest bis morgen.

45

Gegenwart

»Was machen wir denn jetzt?«, sagte Helga. Sie schaute zu Frank, der noch immer seine Hände zu Fäusten geballt hatte und im Türrahmen stand. Sie selbst zitterte am ganzen Leib. Die Anspannung und die lauten Worte, die noch Sekunden zuvor gesprochen worden waren, hatten Daisy dazu veranlasst, sich unter den Esszimmertisch zu verkriechen. Von dort lugte sie hervor.

»Ich weiß es nicht«, presste er zwischen den Lippen hervor.

»Aber ...« Doch mehr Worte kamen nicht aus ihr heraus, denn jedes weitere wurde von einem Heulkrampf verschluckt. Sie vergrub das Gesicht in ihre Hände und schluchzte. So schön hatte sie sich ihren Umzug und das Leben hier vorgestellt, doch der Traum hatte sich in einen Albtraum verwandelt.

Frank trat an sie heran, legte seinen Arm um sie und zog sie nah an seinen Körper. »Ich weiß es nicht«, wiederholte er seine Worte, während er ihr über den Rücken strich.

Es dauerte eine gefühlte Ewigkeit, bis sich Helga einigermaßen beruhigt hatte. Sie strich die letzte Träne mit ihrem Handrücken fort und schniefte. »Irgendetwas müssen wir doch tun können.

184

Ich meine, das ist doch eine Drohung, oder nicht?«

»Ich werde dich auf keinen Fall allein lassen, bis wir das überstanden haben. Wir schaffen das, okay? Auch wenn uns die Polizei dabei nicht helfen möchte.«

Daisy stupste bereits seit einigen Minuten mit ihrer Pfote gegen Helgas Schienbein. *Ich möchte raus,* bedeutete dies. »Wir müssen mit ihr spazieren gehen. Ich war nur kurz draußen. Ich hatte solche Angst.«

»Ja, dann machen wir das gemeinsam. Ich lass dich nicht mehr aus den Augen, ja?«

Helga stand auf und holte Daisys Leine, die sie ihr gleich darauf anlegte.

Die drei waren einige Schritte gegangen, da sah Helga die Nachbarin wieder, die vor einigen Tagen vor ihr die Flucht ergriffen hatte. Sie hatte ihnen den Rücken zugekehrt, da sie Wäsche aufhängte.

»Das ist Susann. Ich hab dir von ihr erzählt. Ich denke, wir sollten zu ihr gehen und mit ihr sprechen. Vor allem will ich sie fragen, warum sie vor mir davongelaufen ist.«

Frank nickte.

Als Helga bei ihr angelangt war, kam sie direkt zur Sache. »Susann? Warum bist du letztes Mal vor mir geflohen?«

Susann zuckte zusammen und ließ das Kleidungsstück, das sie soeben auf die Wäscheleine hängen wollte, auf den Boden fallen. Reflexartig drehte sie sich um, und ein erstaunter Blick folgte. »Warum schleichst du dich so an mich heran? Ich hab mich zu Tode erschreckt.« Sie bückte sich, hob das T-Shirt auf und warf es vor die Wohnungstür. »Toll, jetzt kann ich das noch mal waschen.«

»Susann, beantworte bitte meine Frage!«

»Ich muss überhaupt nichts. Bitte geh einfach weg, okay?«

»Ich weiß über den Fluch Bescheid!«, log Helga.

»Dann weißt du ja, warum ich mit dir nichts zu tun haben will.« Sie ließ den halb vollen Wäschekorb stehen und holte aus der Hosentasche ihre Schlüssel hervor. »Bitte geh einfach weg, ja?«

Frank trat näher an sie heran. »Jetzt sag uns endlich, was hier los ist. Jeder redet um den heißen Brei herum, und keiner sagt, was Sache ist. Meine Frau wird von einem Irren bedroht, und keiner will uns helfen.«

Susann hatte den beiden den Rücken zugedreht, als sie die Haustür aufsperrte. Sie stand schon mit einem Fuß im Inneren, doch sie verharrte mitten im Schritt, als sie Franks Worte vernahm. Laut hörbar seufzte sie, bevor sie sich den beiden zuwandte. »Kommt rein. Das lässt sich nicht zwischen Tür und Angel erzählen.«

Helga war von ihren Worten im ersten Moment überrascht. Sollte ihr Mut belohnt werden, und sie würden endlich die Wahrheit erfahren, was hinter diesem Fluch steckte? Oder was es mit diesen Botschaften auf sich hatte?

Susann wies mit einer Handbewegung auf ihre Gartenmöbel, die auf der Terrasse standen. Frank und Helga setzten sich, und Susann brachte eine Kanne mit Wasser und drei Gläser.

»Du kannst deinen Hund hier gern ableinen«, sagte Susann und schenkte in jedes Glas etwas ein.

Helga machte Daisy los, doch diese blieb direkt neben dem Stuhl sitzen.

»Also«, sagte Helga und trank einen Schluck. »Erzähl. Was ist hier los? Wir wissen, dass in dem Haus direkt vor dem Wald eine Familie von dem Vater umgebracht wurde. Wir wissen, dass es hier einen Selbstmord gegeben hat, anscheinend in dem Haus, in dem wir jetzt wohnen.«

»Von dem Selbstmord hab ich auch gehört, allerdings wohne ich erst seit vier Jahren hier. Somit kann ich darüber nichts sagen. Aber vor zwei Jahren ist in euer Haus eine Familie eingezogen. Zwei kleine entzückende Kinder. Mit der Frau, sie hieß Margit, habe ich mich schon nach kurzer Zeit angefreundet. Sie war eine lebenslustige Frau, immer gut drauf, immer einen Spaß auf den Lippen. Deswegen habe ich auch nie verstanden, wieso es dazu kommen konnte.«

187

»Wozu kommen konnte?«, fragte Helga nach.

»Na ja, dass sie einen Nervenzusammenbruch erlitten hat. Ich meine, natürlich ist das schlimm, wenn ins eigene Haus eingebrochen wird. Aber deswegen gleich am Boden zerstört sein?«

»Wann ist das passiert?« Frank sah sie mit großen Augen an.

»Muss irgendwann im Sommer gewesen sein.«

»War es am zehnten Juni?«, hakte Frank nach.

Helga wurde bei der Erwähnung des Datums mulmig, und sie faltete ihre Hände wie zu einem Gebet. Einerseits hoffte sie, dass es dasselbe Datum war, andererseits auch wieder nicht.

»So genau weiß ich das auch nicht mehr«, sagte Susann. »Irgendwann Anfang Juni.«

»Ihr habt euch gut verstanden, hast du gesagt«, meinte Frank. »Hat sie vielleicht Drohungen oder Ähnliches bekommen?«

»Nein, davon weiß ich nichts. Nur von dem Einbruch. Da ist sie zu mir gekommen. Völlig aufgelöst war sie. Sie hatte noch ihren Pyjama an, ihre Haare waren wirr, sie selbst auch. Margit ist vor meiner Haustür zusammengebrochen, sie hat gezittert am ganzen Körper, und ich hatte wirklich Mühe, sie zu beruhigen. Sie stammelte etwas von einer Einladung oder so. So genau kann ich mich da wirklich nicht mehr erinnern. Ich hab den Krankenwagen gerufen und natürlich ihren Mann informiert. Zu diesem Zeitpunkt war er mit den Kindern einkaufen. Dann hab ich sie Tage später in der Nervenheilanstalt besucht. Da war sie nicht mehr sie selbst. Das hat wohl alles mit dem Reihenhaus zu tun. Da ist ein Fluch drauf.«

Helga musste sich zwingen, ihren Mund zu schließen, der während der Geschichte, die Susann erzählt hatte, offen stehen geblieben war.

Einladung! Auch sie bekam eine Einladung! Vielleicht auch derjenige, der vor fünf Jahren Selbstmord begangen hat.

Helga und Frank schauten sich an. Klar, auch seine Rädchen im Gehirn drehten sich rasant. Das sah sie an seiner Stirnfalte, die sich wie ein Canyon gebildet hatte.

46

Gegenwart

Heute! Endlich war der ersehnte Tag gekommen. *Auch Lou wird sich darüber freuen,* dachte ich mir und starrte auf die Schlafzimmertür. Gestern war sie etwas zurückhaltender gewesen als noch die Tage zuvor. Besonders als sie und Cindy sich nach langer Zeit wieder trafen. Viel zu sagen hatten die beiden sich nicht. Vielleicht hatten sie sich auch damals im Streit getrennt. Aber viel wahrscheinlicher war es, dass sie genauso aufgeregt war wie ich. Ein warmes Gefühl breitete sich in meiner Magengegend aus, als ich an den Nachmittag dachte. Ich stellte die Kaffeekanne auf den Gasherd. Gedankenverloren stand ich mitten in der Küche. Fast hätte ich das Sirren des Wassers überhört, das auf dem Herd brodelte. Ich schaltete den Herd ab und schaufelte jeweils einen Löffel von dem Instantkaffee in zwei Tassen. Noch Wasser dazu, dann konnte ich den Kaffee gemeinsam mit meiner Liebsten genießen. Lou war schon immer mein Liebling gewesen. Und das hatte sich bis zum heutigen Tag nicht geändert. Doch wie könnte ich ihr meine Liebe mehr beweisen, als dass sie und ich für immer eins wären? War das nicht der ultimative Liebesschwur?

Ich schnappte mir die beiden Tassen und schlich auf Zehenspitzen ins Schlafzimmer. Es war gar nicht so einfach, die Tür nur mit dem Ellbogen zu öffnen, aber ich schaffte es. Die Sonne blinzelte durch die Jalousien hindurch. Lou schlief noch, ihr Brustkorb hob sich regelmäßig, und ihre Augenlider waren geschlossen. Sie sah überwältigend aus, und ich blieb kurz vor dem Bett stehen, um sie zu betrachten. Leise stellte ich die Kaffeetassen auf dem Nachttisch ab. Doch das Geräusch, das die Keramik auf dem Holz auslöste, ließ Lou blitzschnell in die Höhe fahren. Verwirrt blickte sie mich an. Einzelne Haarsträhnen standen von ihrem Kopf ab wie Antennen.

»Guten Morgen, beste Freundin.« Ein Lächeln zog sich über mein Gesicht.

»Guten Morgen«, murmelte sie. Schlaftrunken gähnte sie. Sie sah heute blass aus.

»Lou? Wie hast du geschlafen?«

»Gut«, sagte sie, obwohl ich ihr ansah, dass sie mich belog. Vermutlich wollte sie nicht, dass ich mir Sorgen machte.

»Ich habe uns einen Kaffee gemacht. Etwas später werden wir essen, ja? Damit du für heute Nachmittag zu Kräften kommst. Heute ist ja unser Fest.«

191

»Okay«, sagte sie nur. Es war ungewöhnlich für sie, so wenig zu sprechen.

»Was ist denn los mit dir, Lou? Bist du krank? Warum bist du denn so abweisend? Wir sind doch Freundinnen. Du kannst mir alle deine Sorgen erzählen. Das weißt du doch!« Ich griff nach meiner Tasse, die ich sogleich an meinen Mund führte.

»Was mit mir los ist, willst du wissen?«, schrie sie mir entgegen. Um ein Haar hätte ich meinen Kaffee verschüttet, als ich zurückwich. »Ich bin hier ans Bett gefesselt. Du hältst mich hier gefangen. Vergewaltigst mich. Setzt mich an den Tisch mit diesem … keine Ahnung, wie ich dazu sagen soll. Du bist ein Monster, ein geisteskrankes Monster. Und dann fragst du mich ernsthaft, was mit mir los ist?«

Es war wie ein Messerstich mitten ins Herz. Ihre Blicke durchbohrten mich, und ihre Augen funkelten böse. Wie bei einem Raubtier, das seine Beute ins Visier genommen hatte. Dabei hatte ich die letzten Tage gedacht, mit Lou wäre es etwas Inniges, etwas Ernsthaftes. Dass sie es doch auch wollte! Eiskalt traf mich die Erkenntnis, dass sie genauso war wie alle anderen zuvor. »Du bist undankbar. Ich gebe dir alles, was du brauchst, und das ist der Dank für meine Mühe?«

Sie riss wie wild an ihren Fesseln. »Undankbar? Du willst mich umbringen, du Schwein!«

Ich wollte mir das nicht mehr anhören. Ich konnte einfach nicht mehr. So rannte ich aus dem Zimmer, so schnell ich konnte. Dann wurde mir urplötzlich schwarz vor Augen.

47

Vor fünf Jahren

Es muss jetzt mitten in der Nacht sein, dachte Bernhard, als er sich zum wiederholten Male im Zimmer umsah. Er lag gefesselt am Boden. Auf seinem Mund klebte ein Klebeband. Seine Handgelenke waren mit einem Seil mit seinen Fußgelenken verbunden. Keine Chance zu fliehen. *Cindy! Wo ist Cindy? Verdammt! Ist sie hier?* Seit gefühlten Stunden versuchte er, sich hin und her zu winden und einen Blick auf das Bett zu erhaschen, doch er kam nicht hoch. Er hatte auch gelauscht, sogar seinen Atem angehalten, um sie vielleicht zu hören. Doch nichts. Kein Laut drang vom Bett zu ihm herunter. Nur ein fauliger, modriger Geruch, der ihm in die Nase stieg, als er wieder atmete. Irgendwann hatte er einfach keine Kraft mehr, und er sank in einen unruhigen Schlaf.

***

»Aufstehen, Bernhard«, sagte Johannes, als er das Zimmer betrat.

Schon Minuten zuvor war er wach geworden, von den Schritten und den Stimmen, die er gehört hatte. Die Morgensonne blinzelte ins Zimmer. *Wenigstens hat der Psycho Männerkleidung an,* dachte Bernhard, als er ihn erblickte.

»Du darfst mir heute helfen!« Mit einem Ruck entfernte Johannes das Klebeband von Bernhards Mund.

»Ich helfe dir sicher nicht. Das kannst du vergessen!«, zischte Bernhard.

»Doch, du wirst mit mir ein Loch graben.«

Ein Loch? Wofür?, dachte Bernhard, blieb aber stumm.

Johannes öffnete die Fesseln so weit, dass Bernhard sich aufrichten konnte. Der Blick auf das Ding auf dem Bett war frei. Es war eine Schaufensterpuppe. Eine Puppe mit kahlem Kopf und starrem Blick! Wie gebannt starrte er darauf, auch als Johannes ihn aus dem Zimmer drängte.

»Wo ist Cindy?«, sagte Bernhard und spürte den Stoß gegen seine Schulter, der ihn zum Weitergehen animieren sollte.

Doch Johannes lachte nur laut auf.

194

48

Vor einem Tag

Lena blieb wie erstarrt im Esszimmer stehen. Ihr Lächeln war mit einem Mal eingefroren wie Blitzeis. Die ganze Nacht hatte sie sich Gedanken darüber gemacht, wie sie Cindy ein Zeichen geben könnte, dass sie ihn gemeinsam überwältigten. Dass sie gemeinsam mit den anderen Frauen – je mehr sie wären, umso besser – endlich aus diesem Gefängnis ausbrechen könnten. Dass sie nur gemeinsam stark wären. Gedanklich hatte sich Lena, noch bevor die Tür zum Esszimmer aufging, ein Lächeln auf die Lippen gezaubert und ein »Ach, ich freu mich so auf meine Freundin« gemurmelt. Doch nun waren alle Hoffnungen, alle Pläne, alle Träume mit einem Schlag untergegangen wie die Titanic. Am liebsten hätte Lena geschrien, ganz laut geschrien, ihren Schmerz aus sich herausgelassen. Ihr Kampfgeist, der Sekunden zuvor in ihr gesteckt hatte, wurde bei diesem Anblick ausgelöscht. Eine Eiseskälte durchzog ihren Körper. Sie wusste nicht, wie sie nun reagieren sollte. Erwartete er ernsthaft, dass sie sich zu diesen Kreaturen an den Tisch setzte?

Johannes' »Nimm doch Platz« hätte sie beinahe überhört, so geschockt war sie von dem Anblick. Die beiden Schaufensterpuppen sahen sie an. Eine gruseliger als die andere. Die Mutter saß, wie gestern, am Kopfende des Tisches, und daneben saß die gleiche Puppe nur mit schwarzen halblangen Haaren. Und auch diese Haare waren an einem feinen Netz auf ihrem Kopf befestigt worden, doch hier waren keine kahlen Stellen zu sehen. Diese Puppe war geschminkt worden. Mit blauem Lidschatten und rotem Lippenstift, der unsauber auf ihre Plastiklippen aufgetragen war.

Cindy!

Oh mein Gott, wie konnte ich bloß so doof sein? Wie konnte ich bloß glauben, dass er alle Frauen gefangen hält? Wie konnte ich bloß glauben, dass er mich am Leben lässt, wenn ich sein Spiel mitspiele? Eine Träne rann heiß an ihrer Wange hinunter. *Die Träne der bitteren Erkenntnis,* stellte sie fest. *Ich habe mir Hoffnungen gemacht, ich bin echt zu blöd!*

Johannes packte sie fest an ihrem Oberarm. »Du sollst dich setzen, hab ich gesagt!«

Lena ließ ihn gewähren und setzte sich auf den Stuhl, auf dem sie gestern schon gesessen hatte. Auf den, der direkt neben Mutter stand. Auf den Stuhl, auf dem in

Zukunft wohl auch eine Puppe sitzen würde. Mit ihren Haaren auf dem Kopf. Sie versuchte, diesen Gedanken wieder aus ihrem Hirn zu bringen, doch es gelang ihr nicht.

Wieso tut er das? Bringt er mich um wegen meines Haares?

»Hier«, sagte Johannes und stellte ihr einen Teller hin. Lena hatte nicht mitbekommen, dass er den Raum verlassen hatte. Sie war gefangen in seiner Welt, gefangen in der Realität eines Irren.

Der Geruch des Essens stieg ihr in die Nase. Es gab wieder das Dosenfutter von gestern. Erbsen-Kartoffel-Eintopf mit Frankfurter Würstchen. *Hat er vermutlich im Sonderangebot bekommen,* huschte es ihr durchs Gehirn, und fast hätte sie laut losgelacht. Wie absurd! Doch auch wenn sie auf der Stelle geheult hätte, wäre ihre Gesamtlage nicht verbessert worden.

»Ich spreche heute das Gebet, wenn es dir recht ist, ja?«, sagte er und verschränkte seine Hände. Er murmelte etwas Unverständliches.

Lena war heilfroh, dass sie diese Kreatur neben ihr nicht anfassen musste. Gestern hatte es ihr schon gereicht. Sie schloss ihre Augen und stellte sich vor, dass sie am Meer lag, die Wellen rauschen hörte und die Sonne ihr auf den Bauch schien.

»Warum isst du nicht?«, fragte Johannes und riss sie aus ihrer Gedankenwelt.

Sie schaute ihn an. Es war kein fragender Blick, auch kein vorwurfsvoller.

Doch sogleich legte er den Löffel zur Seite und erhob seine Stimme: »Wieso antwortest du mir nicht?«

»Ich hab keinen Hunger!«, sagte sie und hielt seinem Blick stand.

»Iss!« Johannes stand auf und umrundete den Tisch. In seinen Augen flackerte der Zorn, weil sie ihm nicht gehorchte. Er würde es ihr in den Mund stopfen, so wie er es bereits einmal getan hatte. Lena griff nach dem Löffel und schaufelte den Eintopf darauf. *Kann man jemanden mit einem Löffel töten?* Während sie das Besteck genauer inspizierte und feststellte, dass es überall abgerundet war, ließ sie von der Idee wieder ab. *Wohl eher nicht!*

Der Teller als Mordwaffe fiel wohl auch flach, denn bis sie diesen auf den Boden werfen und eine Scherbe aufheben könnte, würde er schon neben ihr stehen. Wer weiß, was er dann mit dieser Scherbe anstellen würde? Sie schluckte hinunter. *Widerliches Zeug. Schmeckt nach nichts mit Würstchen.*

49

Gegenwart

Helga und Frank waren soeben wieder nach
Hause gekommen. Den Schock mussten
beide erst einmal verarbeiten. Es war Frank,
der als Erstes seine Worte wiederfand. »Also
bekam die Frau auch so eine ... ich nenne es
mal Einladung. Wir müssen das Kommissar
Klausner erzählen.«

»Denkst du wirklich, dass es jemanden
gibt, der es auf die Bewohner dieses Hauses
abgesehen hat?«

»Das kann alles kein Zufall mehr sein. Es
muss etwas mit diesem Haus zu tun haben.
Allerdings ist es sicher nichts
Übersinnliches. Vor fünf Jahren der
Selbstmord, vor zwei Jahren die Frau, die
einen Nervenzusammenbruch erlitten hat,
und jetzt wir.« Frank wählte Klausners
Nummer. »Ja, hallo. Hier ist Frank Körner.
Ich denke, der Täter hat es auf die Bewohner
dieses Hauses abgesehen. Wir waren
gerade ...« Er hielt inne. »Aha, dachte ich
mir. Ja, bitte.« Frank legte auf.

»Was hat er gesagt?«, fragte Helga
aufgeregt.

»Dass er jemanden vorbeischickt, der uns
beschützt.«

»Wirklich, das ist ja großartig!«, sagte Helga, aber ihre Euphorie verwandelte sich abrupt in Zittern. »Wir sind wirklich in Gefahr, Frank.«

»Ja, wir sollen nicht mehr aus dem Haus gehen, meint er.«

»Aber das geht nicht. Daisy muss raus«, antwortete Helga.

»Sie wird es überleben, wenn sie in den Garten macht. Und wenn nicht, dann muss sie nicht. Wir dürfen nicht mehr rausgehen. Verstehst du das? Es ist einfach zu gefährlich.«

***

Die ganze Nacht hatte Helga kein Auge zugemacht, auch nicht mit der Gewissheit, dass Polizisten in Zivil auf sie achtgaben. Soeben hatte sie sich eine Tasse Kaffee eingeschenkt. Extra stark.

Frank telefonierte aufgeregt, als sie sich zu ihm an den Esstisch setzte. Sie bekam nur Wortfetzen mit. Als er das Gespräch beendet hatte, war er rot wie eine Tomate im Gesicht.

»Was ist denn los? Was regt dich so auf?«, fragte Helga und nahm einen Schluck von ihrem Kaffee.

»Stell dir vor. Vor unserem Haus steht kein Polizeiwagen. Es ist niemand da. Ich habe Klausner angerufen, der meinte, dass er extra eine Streife vorbeigeschickt hat in der Nacht, die jede Stunde hier nach dem Rechten sieht. Ist das zu fassen? Wir werden bedroht, müssen um unser Leben fürchten, und die Polizei schaut alle Jubeljahre mal vorbei. Das nenne ich *nicht* beschützen.«

Helgas Hand begann zu zittern, als die Worte ihre Wirkung in ihrem Hirn entfalteten. »Du meinst, keiner hat diese Nacht auf uns aufgepasst?«

»Ja! Wir müssen uns einen privaten Personenschützer suchen, meinte er, wenn wir eine Rund-um-die-Uhr-Bewachung haben wollen.«

»Hast du schon einen gesucht?«, fragte Helga, und allein der Blick auf ihre Uhr, die kurz nach sieben in der Früh anzeigte, sagte ihr, wie unsinnig ihre Frage war.

»Hast du eine Ahnung, was uns das kosten wird? Da wäre es billiger, einfach ins Auto zu steigen und von hier wegzufahren.«

Helga sprang auf, doch schon im nächsten Moment setzte sie sich wieder. »Ja, das können wir heute machen. Es ist Sonntag. Aber was machen wir morgen? Wir müssen beide arbeiten gehen.«

»Ich denke mal, das überlegen wir uns, wenn wir unterwegs sind. Zur Not nehmen wir uns irgendwo eine Pension.«

50

Vor fünf Jahren

Wenn ich ihm die Schaufel einfach über seinen Psychoschädel ziehe ..., dachte Bernhard zum wiederholten Male, als er damit in den Boden stach und weitere Erde aus dem Loch schaufelte. Doch er wusste, es würde nicht funktionieren. Er kam sich vor wie ein Gefangener in einem Straflager. Seine Arme und seine Füße waren an der Vorderseite mithilfe eines Seiles miteinander verbunden. Es fehlte nur noch eine schwere Eisenkugel, die an seinem Fuß befestigt war und die er bei jedem Schritt hinter sich herzog. Seine Arme konnte er nur bis zu einem bestimmten Winkel heben, gerade so weit, dass er die Erde auf den Haufen schütten konnte. Niemals könnte er den Irren so treffen.

Somit grub er ein Loch. Wofür auch immer. Vielleicht schaufelte er sich sogar sein eigenes Grab. Psychopathen standen ja auf solche grausamen Spiele. Ihm wurde heiß und kalt zugleich bei diesem Gedankengang. Schweiß schoss in Bächen sein Gesicht hinunter. Als er aufblickte, sah er Johannes lässig an einem Baumstamm lehnen. Er hatte ihn mitten durch den dichten Wald geführt auf eine Lichtung.

Rings um ihn standen Obstbäume, an denen goldene Plaketten befestigt waren. Johannes hatte seine Arme vor dem Brustkorb verschränkt und rauchte eine Zigarette. Wie gern hätte Bernhard auch eine Kippe gehabt, doch das Klebeband auf seinem Mund verhinderte jedes Wort. Davon abgesehen hätte er sicher keine bekommen. Welcher Psycho gab seinem Opfer schon eine Kippe?

Er schaute an ihm vorbei, und in der Ferne sah er das Haus, in dem er wohnte. Es wären gute hundert Meter zu laufen. Vorbei an Sträuchern und über unebenen Boden. Könnte er es schaffen zu fliehen? Aber was würde aus Cindy werden? Was würde aus ihm werden, wenn er es nicht schaffte, von hier wegzukommen?

»Grab jetzt endlich!«, befahl Johannes. »Wir haben nicht viel Zeit!«

Schaufel um Schaufel wurde das Loch tiefer, bis es nach einiger Zeit wirklich wie ein Grab aussah. *Mein Grab? Das von Cindy? Oder hätten wir beide Platz darin?*

Je mehr er darüber nachdachte, umso langsamer wurde er.

Ich habe mein Leben noch nicht fertig gelebt. Ich wollte mich doch ändern, warum werde ich jetzt bestraft?

51

Gegenwart

Lous Augen blitzten mich gefährlich an. Was mich noch vor wenigen Stunden heißgemacht hätte, machte mich jetzt rasend. »Du kleines Biest«, sagte ich. »Du hast mir die ganze Zeit nur etwas vorgespielt. Dabei habe ich alles für dich getan.«

Ich hatte sie zurück auf den Stuhl gebracht. Nun saß sie nackt vor mir, so wie Gott sie für mich geschaffen hatte. Sie riss an ihren Fesseln und ruckte dabei gefährlich mit dem Stuhl. Sie würde nicht aufgeben. Niemals würde sie das. Und ich musste zugeben, es gefiel mir. Ihr Kampfgeist, ihre durchtriebene Art. Bei den anderen war es einfacher gewesen. Die haben einfach nur geschrien. Doch irgendwann waren sie still und akzeptierten ihre Rolle in meinem Stück. Aber Lou! Sie war besonders.

Ich schaute ihr eine Weile zu, wie sie sich zu befreien versuchte. Mit welchem eisernen Willen sie aus ihrer Situation hinauswollte. Dabei hatte ich gerade bei ihr gedacht, dass sie sich auf das große Fest freuen würde. Doch nun hatte ich keine Zeit mehr für sie. Ich musste noch meinen Ehrengast holen. Anscheinend würde sie nicht von allein kommen. Abhauen konnte sie zumindest nicht. Plastiksäcke im Auspuff ließen auch den besten Motor nicht lange durchhalten.

52

Gegenwart

Helga öffnete die hintere Tür des Wagens, und Daisy hüpfte wie selbstverständlich hinein. Dann setzte Helga sich auf den Beifahrersitz und schnallte sich an. Frank versuchte, den Wagen zu starten, doch es gelang ihm nicht. Das Auto sprang anfangs noch an, aber schon nach wenigen Augenblicken starb der Motor ab. Nach mehrmaligem Drehen des Schlüssels ging dann gar nichts mehr, außer dass alle Lichter auf dem Armaturenbrett aufleuchteten.

»Verdammt!«, schrie Frank und schlug mit seiner Faust auf das Lenkrad. »Was ist denn nur los mit der Karre? Gestern fuhr das Auto doch noch, und heute springt es nicht mehr an? Das ist wie verhext hier.«

Bei dem Wort »verhext« dachte Helga an den Fluch. *Verflucht,* schoss es ihr durch den

Kopf. *Vielleicht ist da doch etwas Wahres dran. Ich dreh hier gleich durch.*

Frank hatte die Motorhaube geöffnet und starrte hinein. Doch schon Momente später stieg er wieder ins Auto ein. »Wir müssen den Pannendienst rufen. Ich hab keine Ahnung, warum diese Scheißkiste nicht anspringt. Geh du doch ins Haus, ich mach das hier, okay?«

Helga nickte nur, holte Daisy wieder aus dem Auto und ging, so schnell sie konnte, zurück in ihr Reihenhaus. Drinnen kontrollierte sie sofort, ob alle Fenster und auch die Balkontür geschlossen waren. Sie starrte in die Ferne. *Ich möchte wieder nach Hause!*

Kurz darauf ging die Haustür auf, und Frank trat herein. »Der Pannendienst kommt erst in eineinhalb Stunden. Wir werden also warten müssen.«

»Dann warten wir halt. Solange du in meiner Nähe bist, hab ich keine Angst.«

Helga schaltete den Fernseher ein. Zum Lesen fühlte sie sich im Moment einfach zu aufgeregt. Und Franks Gesichtsausdruck nach zu urteilen empfand er genauso. So verbrachten sie die nächste Zeit, bis es endlich an ihrer Haustür schellte. Frank sprang sofort auf, öffnete, und wie ein Pfeil schoss Daisy an ihm vorbei. Sie hörte zwar Frank nach der Hündin rufen, doch so wie es den Anschein hatte, ohne Erfolg.

»Helga, Daisy ist einer Katze nachgelaufen. Aber der Pannendienst ist schon da.«

»Ich mach schon«, sagte Helga, schnappte sich die Leine und trat ins Freie. *Klar, Katzen jagt sie einfach am liebsten,* dachte sie sich und schmunzelte. Frank und der Mann vom Pannendienst traten gerade ans Auto heran. Vermutlich dauerte es noch eine Weile, bis die beiden den Fehler gefunden hatten.

Schnell lief sie auf den Parkplatz und sah Daisy, die bereits am letzten Haus der Siedlung Richtung Wald stürmte.

»Daisy!«, schrie sie. Doch ihre Hündin lief weiter und hörte nicht auf sie. Vor ihr rannte eine weiße Katze um ihr Leben. Helga legte einen Zahn zu und hörte Daisy bellen. Ein sehr lautes, ungewöhnliches Bellen. »Weil du auch nicht hören willst«, keuchte sie und bog in den Wald ein.

Sie rannte dem Bellen entgegen, das von einer Sekunde auf die nächste verstummte. Vöglein zwitscherten, die Blätter raschelten im leichten Wind, Zweige zerbrachen.

»Daisy!«, brüllte Helga, und schon im nächsten Moment spürte sie einen nassen Lappen, der ihr auf Mund und Nase gedrückt wurde. Es passierte wie von Geisterhand. Niemand war in ihrer Nähe gewesen, und Helgas vorerst letzte Gedanken galten dem Fluch. Zwar wehrte sie sich, doch je mehr sie von dem beißenden Gestank in ihre Lunge pumpte, umso schwächer wurde ihr Körper, und ihr Hirn entschlummerte in einen bösen Albtraum.

53

Vor fünf Jahren

Bernhard zitterte am ganzen Leib, und er wand das Messer in seiner Hand hin und her. Diese hilflosen blauen Augen, die ihn anschauten. Cindy hatte keine Hoffnung mehr. Ihr Körper bebte förmlich auf dem Stuhl, der mit seinem mit einer Schnur verbunden war. Sie waren aneinandergekettet, fast schon wie durch eine Nabelschnur vereint. Ihr rechter Unterarm war an seinem linken mit Klebeband befestigt. Ihre Finger ragten in seine Richtung, und die Verzweiflung, die sich in ihr ausbreitete, war auf seiner Haut spürbar.

»Mach keine Dummheiten, mein Freund«, sagte Johannes. »Du weißt, was du zu tun hast!«

Bernhard schluckte und dachte an die Worte, die dieser Scheißpsycho ihm nur wenige Sekunden vorher – bevor er ihm das Messer in die Hand gedrückt hatte – ins Ohr geflüstert hatte. *Sie oder du! Wähle gut!* Noch immer hallten die Worte in seinem Kopf nach. Doch es schien wie ein böser Traum zu sein. Ein Traum, aus dem er nie wieder erwachen würde. Wie in Teufels Namen konnte er diese Entscheidung treffen? Er wollte Cindy nicht umbringen, aber er wollte auch nicht selbst sterben. Der Psycho musste sein Leben lassen. Aber wie?

Wieder starrte er auf das Küchenmesser und hielt die Klinge gen Boden. Der Schnitt, den er auf Cindys Handgelenk vollführen sollte, war mit einem schwarzen Strich gekennzeichnet. *Der Irre hat einen Strich aufgemalt! Einen Strich!* Bernhards Verstand wollte – konnte – das alles nicht verstehen. Er wollte einfach nur noch abschalten. *Schalter aus! Zack! Licht aus! Zack!*

All seinen Mut musste er zusammennehmen, um die Klinge auf ihrer Pulsader anzusetzen. *Am Strich!*

Cindy rührte sich nicht. Sie zuckte nicht zurück. Sie starrte nur auf die Klinge, die sich gleich in ihr Fleisch bohren würde. Vielleicht hatte sie Glück, und sie starb schnell, vielleicht auch nicht.

»Ich kann das nicht!«, murmelte Bernhard und schmiss das Messer vor Johannes' Füße.

Zuerst grinste er nur, aber dann begann er, lauthals zu lachen. »Mein Freund! Ich denke mal, ich muss dich wohl ein wenig überzeugen. Aber nachdem ich mir das schon dachte, dass du nicht die notwendigen Eier in der Hose hast, habe ich vorgesorgt.«

Johannes stellte sich neben die beiden. Bernhard verfolgte jeden seiner Schritte, und als er sah, was der Psycho vorbereitet hatte, erstarrte das Blut in seinem Körper. Wie ein riesiger Felsbrocken legte sich die Erkenntnis auf Bernhards Brustkorb und presste seine Rippen zusammen.

Ein Seilzug baumelte über ihm, daran befestigt eine Drahtschlinge. Das Adrenalin rauschte durch seine Adern, und Bernhard glaubte, jeden Moment würde sein Herz versagen.

Johannes ließ die Schlinge mithilfe des elektrischen Seilzugs langsam herunter, das Bedienteil hielt er in der Hand. Es dauerte eine gefühlte Ewigkeit, bis die Schlinge vor Bernhards Augen baumelte. Johannes legte ihm diese um den Hals, und gleich darauf hörte Bernhard den Seilzug wieder surren.

»Na? Hab ich dich nun überzeugt?«, fragte Johannes. »Entscheide dich! Sie oder du!«

54

Gegenwart – in einer Stunde

Lena fühlte sich leicht und unbeschwert. Dabei hätte sie doch schreien sollen. Vor Schmerzen, vor der Grausamkeit, vor dem, was in den nächsten Minuten noch kommen würde. Aber sie schwebte wie auf einer rosaroten Wolke leicht dahin. Noch vor wenigen Momenten war ihr kalt gewesen. Sehr kalt. Es war fast so, als hätte sich Eiswasser durch ihre Venen gequetscht. Sie spürte, wie das Leben mit jedem Atemzug aus ihr entwich. Doch es fühlte sich gut an, und Lena hätte fast gelacht. Die Situation, in der sie steckte, war so unwirklich und gleichzeitig so real.

Der Druck auf ihrem Brustkorb verstärkte sich und raubte ihr die Luft zum Atmen. Und obwohl sie darüber nachdachte, dass jeder Mensch in ihrer Lage Angst haben würde – sogar Panik bekommen musste –, kam nichts. Nur ein leichtes Kribbeln in ihren Armen. Fast wie eine Art Glücksgefühl, das man ebenso in jeder Faser seines Körpers spürte. Und dann kam das Licht.

55

Gegenwart

Als Helga ihre Augen öffnete, saß sie auf einem Stuhl. Ihr gegenüber ein lebloser Körper, ebenso auf einem Stuhl. Eine nackte junge Frau. Ihr Kopf hing hinunter, und ihr Gesicht wurde von ihren langen blonden Haaren verdeckt.

»Darf ich vorstellen? Lou – Helga. Helga – Lou«, sagte die männliche Stimme hinter ihr.

Helgas Herzschlag hatte sich innerhalb von Millisekunden verdoppelt, und sie hörte ihn in ihren Ohren poltern. *Was ist hier bloß los? Was will dieser Irre von mir? Wo bin ich hier?* Tausende von Fragen huschten ihr durch die Gehirnwindungen. Doch Antworten fand sie keine.

»Es ist Zeit! Wir müssen den Höhepunkt der Party ein wenig vorziehen. Ich dachte mir, du wärst gern dabei!« Ein Grinsen huschte über das Gesicht des geistig völlig umnachteten Mannes.

»Wer sind Sie? Was wollen Sie von mir?«, stammelte Helga benommen.

»Ach du meine Güte! Entschuldigung. Ich habe vergessen, mich vorzustellen. Wie unhöflich von mir. Ich bin Johannes.« Er streckte ihr seine Hand entgegen, und schon im nächsten Moment zog er sie wieder zurück. »Nachdem ich dich leider fesseln musste, kannst du mir nicht die Hand reichen. Aber das macht nichts. Ich weiß deine Geste auch so zu schätzen.«

»Binden Sie mich los, und lassen Sie die Frau gehen.«

»Weißt du, du solltest nicht so laut reden. Das macht die anderen Gäste ganz nervös.«

Andere Gäste? Sind hier noch mehr von diesen Verrückten anwesend? Doch hörte sie keine Stimmen, keine Unterhaltung.

Wieder starrte Helga auf die leblos scheinende Frau. Hinter ihr war eine geschlossene Tür.

»Was wollen Sie von mir?« Sie hoffte sehr, dass ihre Stimme nicht so zitterte wie der Rest ihres Körpers.

»Ach komm, süße Helga.« Johannes kam nahe zu ihr und schwang das Messer in seiner Hand hin und her. Die hereinscheinende Sonne spiegelte sich auf der scharfen Klinge wider und warf einen hellen Punkt an die Wand. Er streichelte ihr mit seinem Handrücken über die Wange. »Ich möchte, dass du dich entscheidest. Entweder sie oder du!«

Was?, schrie es in ihrem Hirn. Ihre Handflächen begannen zu schwitzen, und sie bekam einfach Schiss. Wahnsinnsangst.

»Wofür muss ich mich entscheiden? Lassen Sie mich einfach gehen, und die arme Frau nehme ich auch mit.«

213

»Entweder stirbt sie durch deine Hand. Oder du wirst sterben durch meine Hand!«, sagte Johannes und schob ihren Stuhl näher an die Frau heran. Ihr Brustkorb hob und senkte sich nur leicht. Vermutlich war sie betäubt worden.

»Nein, ich werde ihr nichts antun. Und du rührst mich nicht an!«, sagte Helga und rüttelte an ihren Fesseln. Sie konnte sich nicht befreien.

»Also, das ist deine Entscheidung? Du für sie? Für diese kleine missratene Schlampe?«

Helga antwortete nicht. Eigentlich war das nicht ihre Entscheidung gewesen. Sie wollte nicht sterben, aber sie konnte auch nicht mit dem Gedanken leben, jemanden umgebracht zu haben. Das würde sie nie wieder vergessen können. Nicht ertragen!

Johannes stellte sich direkt vor sie und legte das Messer an ihren Hals. Sie spürte die Klinge, die sich leicht in ihr Fleisch bohrte. Vielleicht einen Millimeter mehr, und das Blut würde spritzen. Ihr Blut!

Da fiel ihr die Botschaft wieder ein. Die Bibelstelle. Er musste ein gläubiger Mensch sein. Sofort begann Helga, das *Vaterunser* aufzusagen, so laut sie konnte. Sie schrie es aus sich heraus. Vielleicht hielt ihn das ab! Vielleicht war dies der Schlüssel zu dem Ganzen. Vielleicht war das ihre einzige Chance, ihre letzte! Heiße Tränen rannen ihre Wangen hinunter, und sie vergaß alles um sich herum. Wie in Trance betete sie wieder und wieder.

56

Vor fünf Jahren

»Hör auf!«, schrie Bernhard, doch die Schlinge um seinen Hals zog ihn leicht in die Höhe. *Jetzt! Jetzt ist der Moment gekommen! Mein Tod!*

»Hast du dich entschieden, Bernhard?«, fragte Johannes, und das Surren verstummte sogleich.

»Ja!«, keuchte er. Panik, reine, ehrliche Panik, brach in ihm aus. Jede Faser seines Körpers bettelte um das eigene Leben. *Rette dich!* Es war nur ein kurzer Gedanke, ein einzelner Hoffnungsschimmer, doch der reichte. Das Surren setzte wieder ein, gleich darauf löste sich die Spannung um seine Luftröhre. Er hustete. Dann blickte er wieder in die blauen Augen. Sie wusste, wie er sich entschieden hatte. Sie spürte es genau! Ihr Augenzwinkern war die Zustimmung zu seiner Entscheidung. Auch sie hatte sich entschieden. Sie wollte sich opfern, für ihn, für sein Leben!

»Also? Ich warte noch auf deine Entscheidung!« Johannes trat näher, allerdings nicht nahe genug, sodass er ihn mit dem Messer hätte erwischen können.

»Sie wird sterben!« Bernhard erschrak vor sich selbst, als er die Worte hörte, die wie selbstverständlich aus seinem Mund kamen. Hatte er das tatsächlich laut gesagt?

»Dann mach es endlich!«, schrie Johannes.

Bernhard legte die Klinge auf dem Strich an. Noch nie hatte er solch eine Angst verspürt. Angst vor sich selbst. Vor dem Tier, das anscheinend in ihm steckte. War er wirklich dazu fähig? Könnte er einen Menschen töten, nur um sein eigenes Leben zu retten? Könnte er mit diesem Wissen leben?

Cindys Hand, die auf seiner ruhte, vibrierte nicht mehr. Zitterte nicht, zuckte nicht. Unter dem Messer pulsierte noch das Leben, das schon sehr bald wie das Licht einer Kerze ausgeblasen werden würde. Von ihm. *Von mir!*

Tief atmete er durch, schaute zu Cindy, die ihm direkt in die Augen blickte, und fast glaubte er, sie habe genickt. *Ist sie wirklich damit einverstanden?*

»Deines für meines. Es tut mir leid«, murmelte Bernhard, drückte das scharfe Messer in ihre Haut und schnitt. Sofort spritzte pulsierend das Blut aus ihr heraus. Er ließ das Messer fallen, das mit einem

216

klirrenden Ton auf dem Boden aufkam, und starrte auf die Wunde, die er ihr zugefügt hatte.

Ungeschehen! Ich will es ungeschehen machen! Die Zeit zurückdrehen!

Das Blut rann über seine Hand und tropfte in eine Schüssel, die auf dem Boden stand.

»Du hast ihr Leben für deines geopfert. War das die richtige Entscheidung, Bernhard?«, fragte Johannes, doch Bernhard konnte ihm nicht antworten. Er war wie erstarrt. Er war vom Opfer zum Mörder geworden. Zum Mörder einer Frau, von der er nicht mehr wusste als ihren Namen.

»Cindy!«, stotterte er.

Doch ihr Kopf war nach vorne gekippt. Vermutlich war sie bewusstlos geworden oder aber schon tot.

»Du verdammtes mieses Dreckschwein!«, schrie Bernhard und rüttelte an seinen Fesseln.

»Ich bin nicht das Dreckschwein!«, sagte Johannes. »Das bist du, weil du Cindy umgebracht hast.«

57

Gegenwart

Es war ein Surren in dem Raum zu hören, doch Helga betete weiter. Erst als das Klebeband an ihrer rechten Hand weggeschnitten wurde, machte sie ihre Augen wieder auf. Doch das Gebet erklang weiter aus ihrem Mund. In ihrer Hand lag nun ein Messer. Wie gebannt starrte sie darauf und schaute zu Johannes auf, der sich an ihre linke Seite gestellt hatte. Weit genug weg, sodass sie ihn nicht erwischen konnte.

»Bist du bereit, Helga?«

Sie musste Speichel in ihrem Mund sammeln, bevor sie sprechen konnte. Sie hätte die Wüste Gobi an Trockenheit locker überbieten können. »Wofür?«, kam es ihr über die Lippen. Doch die Antwort war ihr schon klar gewesen, bevor er sie sagte.

»Zu sterben!« Mit diesen Worten legte er ihr die Drahtschlinge um den Hals, und das Surren ertönte wieder.

Verdammt! Er wird mich umbringen!

»Ich will nicht sterben!«, würgte sie gerade noch heraus. Die Luftzufuhr wurde knapp. Die Drahtschlinge zog ihren Körper nach oben und raubte ihr von Sekunde zu Sekunde mehr und mehr den Atem.

»Dann nimm ihr Leben und rette deines!«, sagte Johannes in einem seltsam ruhigen Tonfall.

»Nein, du Bastard.« Ihr Füße baumelten in der Luft, und sie kämpfte. Kämpfte um ihr Leben. *Ist es das wirklich wert? Mein Leben gegen das der Frau zu tauschen?*

Mit letzter Kraft fing sie wieder an zu beten. Nur noch bruchstückweise kamen Worte aus ihr heraus. Glitzernde Punkte flackerten vor ihren Augen. *Gleich wird es vorbei sein!,* dachte sie, und wie aus heiterem Himmel setzte wieder das Surren ein. Helga röchelte.

58

Vor fünf Jahren

»Du kannst gehen, Bernhard«, sagte Johannes und schnitt seine Fesseln auf. Zuletzt entfernte er Cindys Arm von seinem. Diesen hob er an und ließ ihn auf ihren Schoß fallen. Dort blieb er regungslos liegen.

»Deine Arbeit ist erledigt!« Es lag ein Unterton in seiner Stimme. Ein gefährlicher Unterton.

»Ich kann gehen?«, fragte Bernhard erstaunt, und ein letztes Mal blickte er auf den reglosen Körper neben ihm, dessen Leben er gegen seines eingetauscht hatte. Er stand auf, doch seine Knie zitterten so stark, dass sie sein Gewicht nicht trugen, und er musste sich nochmals setzen. Er fühlte sich verloren. Konnte er jemals in seinem Leben wieder glücklich werden? Konnte er diesen Moment, diesen schrecklichen Moment, wieder vergessen? Wie sollte er damit weiterleben, einen Menschen getötet zu haben?

»Geh!«, sagte Johannes und wies mit seiner Hand in Richtung Ausgang.

Bernhard stand auf. Die Schweißperlen rannen ihm das Gesicht herunter. Es gab Momente im Leben, die konnte man nicht beschreiben, die konnte man nur fühlen. Und dieser Moment war einer von ihnen. Er wusste nicht, was er denken sollte. In seinem Kopf herrschte gähnende Leere.

»Verschwinde jetzt endlich!«, herrschte Johannes ihn an.

Bernhard trat einen Schritt nach vorne, Richtung Tür, Richtung rettender Ausgang. Ein letztes Mal drehte er sich um zu Cindy, und im Augenwinkel sah er eine Person am Tisch sitzen. Abrupt drehte er seinen Kopf ein Stück weiter. Seine Atmung setzte für einen Moment aus. Alles in seinem Körper zog sich vor Schreck zusammen. Da saßen Schaufensterpuppen. Drei Stück an der Zahl. Puppen, die ihn anstarrten und freundlich anlächelten. Mit Perücken auf dem Kopf, die auf den ersten Blick nicht dort hingehörten, nicht ins Bild passten.

»Was ...?«, brachte er heraus, doch das nasse Tuch wurde von hinten auf seinen Mund und seine Nase gepresst. Er rammte Johannes den Ellbogen in den Magen. Doch dieser reagierte nicht darauf. Der scharfe Geruch trat in seine Sinne ein und vernebelte seinen Blick. Einen Augenaufschlag später nahm die Schwärze ihren rechtmäßigen Platz ein, und er vernahm Johannes' Stimme wie durch ein Wattebäuschchen.

»Kennst du das fünfte Gebot?«

59

Gegenwart

Helga hustete, als sich die Schlinge um ihren Hals allmählich löste und ihre Füße wieder auf festem Boden standen. Sie bekam zwar Luft, doch die Situation schien sich in der Zwischenzeit zugespitzt zu haben, denn als sie ihre Augen öffnete, sah sie das Blut in dem Gefäß, das direkt unter dem Arm der fremden Frau stand. Diese schaute mit angsterfüllten Augen auf den Schnitt, der in ihrem Unterarm klaffte.

Er hat ihr die Pulsadern aufgeschnitten! Hat die Frau nicht geschrien? Hat sie das einfach so über sich ergehen lassen?

Völlig außer Atem sah sie zu, wie er die Frau von dem Stuhl losmachte und sie sich über die Schulter warf. Dann verließ er mit ihr das Zimmer. Helga blieb zurück. Zurück in diesem Verlies, aus dem sie sich nie wieder allein würde befreien können.

Ein Poltern war zu hören. Helga konnte im ersten Moment nicht zuordnen, was dieses Geräusch verursacht haben könnte. Doch kurz darauf stand Johannes grinsend im Türrahmen. Die Frau hatte er anscheinend irgendwo abgelegt. »Bete weiter. Vielleicht erhört er dich und rettet dir das Leben. Wenn nicht, dann wirst auch du sterben. Langsam wird dir das Leben ausgehaucht werden.«

Helga wand sich hin und her. »Lass mich gehen!«

Johannes stellte sich ganz nah zu ihr, sodass sie seine Körperwärme spüren konnte. Sein Atem ging gleichmäßig und streifte ihr Gesicht. »Bete!«

Und so begann Helga wieder mit dem Gebet. Sie betete, als er das Zimmer verließ. Betete, als sie die Haustür ins Schloss fallen hörte. Und betete noch, als die unheimliche Stille ins Haus einkehrte. Sie würde ewig beten, wenn es nur etwas helfen würde.

Immer leiser wurden ihre Worte, die zwischenzeitlich von einem Schluchzen unterbrochen wurden.

Plötzlich erstarrte sie! War das eben ein Schuss gewesen, den sie gehört hatte? Woher kam der? Er klang weit weg und doch nah genug.

»Hilfe!«, schrie sie. Sie versuchte, sich auf die Zehenspitzen zu stellen, sodass sie sich von der Schlinge um ihren Hals befreien könnte. Doch es war zwecklos. Sie würde sich niemals allein befreien können. Niemals von diesem Irren wegkommen! »Hilfe«, presste sie nochmals heraus, doch ihre Stimme versagte. *Verdammt! Wieso verlässt mich ausgerechnet jetzt meine Stimme?*

Dann hörte sie viele Schritte, die auf das Haus zustürmten. Ein Stimmengewirr verschiedener Personen. Und – es trieb ihr die Tränen in die Augen – das Bellen von Daisy. Sie hatte sie gefunden! *Mein braves Mädchen!*

Es dauerte nur einen kurzen Moment, da stand sie vor ihr und schnüffelte an ihrer Hose. Gleich darauf sprang sie an ihrem Bein hoch und wedelte voller Freude mit dem Schwanz. Sie hatte eine blutende Wunde an ihrem Kopf, schien aber ansonsten wohlauf.

»Helga? Liebling? Wo bist ...«, hörte sie Franks Stimme. Augenblicklich erschien er im Türrahmen und blieb abrupt stehen. Er starrte auf Helga und dann – es war fast so,

als würde er durch sie hindurchschauen –
hinter sie.

»Mach mich los!«, sagte Helga und
verstand nicht, warum Frank nicht zu ihr
kam.

»Ich ...«, sagte Frank, und seine
Schockstarre löste sich. »Natürlich!«

Zuerst nahm er die Schlinge von ihrem
Hals, und als sie sich umdrehte, damit er ihr
die Fesseln von den Handgelenken entfernen
konnte, sah Helga die vermeintlichen Gäste.
Die Schaufensterpuppen wirkten im Schein
des Sonnenlichtes fast lieblich. Ihre Haare
strahlten einen besonderen Glanz aus, auch
wenn bei einigen die ... Helga schluckte, als
sie erkannte, was diese vermeintlichen Gäste
waren. Vor jeder Puppe lagen auf einem
Teller zwei Fotos. Jeweils eines der beiden
Fotos sah so aus, als wäre es von einer
Sofortbildkamera aufgenommen worden.
Helga ging näher darauf zu. Auf dem ersten
Foto erkannte sie eine ältere Frau, die auf
ihrem Schoß eine Puppe hatte. Auf dem
Sofortbild, das daneben lag, dieselbe Frau,
die allem Anschein nach tot war. Ein
Gruseln überfiel sie, als sie sich den
skalpierten, blutüberströmten Kopf der
Leiche ansah. Helgas Gedanken wurden
abgelenkt, als sie den einzigen Teller sah, auf
dem das Sofortbild fehlte. Die Erkenntnis
traf sie wie ein Schlag.

»Wo ist die Frau?«, sagte sie und drehte sich zu Frank um.

»Die Polizei ist hier. Ich hab sie gerufen, als ich merkte, dass du weg bist.«

»Wo ist die Frau? Sie braucht dringend ärztliche Hilfe. Sie stirbt sonst.«

»Mein Schatz! Zuerst kümmern wir uns um dich. Lass uns bitte hier rausgehen! Bei dem Anblick wird einem ja kotzübel …«

Erst jetzt merkte Helga, wie der Schock, der von ihrem Körper Besitz ergriffen hatte, wieder nachließ. Ihre Hände schlotterten. Das Herz schlug ihr bis zum Hals. Für einen kurzen Moment dachte sie, dass sie gleich in Ohnmacht fallen würde, doch Frank griff ihr unter die Arme und hielt sie fest, während er sie ins Freie zog.

60

Vor fünf Jahren

Wenn der richtige Moment gekommen ist, dann wirst du es erfahren. Welch bedeutsame Worte einem durch den Kopf gehen, wenn man an der Schwelle des Todes steht.
Bernhard stand auf einem Stuhl. In seinem Haus auf dem Balkon. Ein dickes Seil war um einen Balken gewickelt, der zur Zierde des Daches diente. Die Schlaufe hing um seinen Hals. Vor einem Augenaufschlag war er noch in dem Haus des Psychos gewesen, und jetzt war er zu Hause. Aber das hier war nicht mehr sein Zuhause. Es war ihm weggenommen worden an dem Tag, als der Irre ihm die erste Botschaft überbracht hatte.

»Bist du bereit, Bernhard?«, sagte Johannes und trat in sein Blickfeld.

»Nein!«, murmelte er unter dem Klebeband. Die Dämmerung trat ein, und die Sonne verschwand hinter dem Wald.

»So verdamme ich dich auch nicht, gehe hin und sündige hinfort nicht mehr.« Johannes trat gegen den Stuhl, der mit einem Knall auf dem Boden aufschlug.

Bernhard zappelte wie ein Fisch an der Angel, doch seine Füße fanden keinen Halt. Er röchelte, versuchte, sich zu befreien, doch je mehr er sich bewegte, umso straffer zog sich die Schlinge zusammen, was seinen sicheren Tod bedeutete. Seine Kräfte schwanden zunehmend. Auch das Zucken seiner Glieder ließ von Sekunde zu Sekunde nach. Dann spürte er eine Wärme in seiner Hose, die langsam, aber stetig seine Beine hinablief.

»Mach's gut, Bernhard.« Johannes' Worte bekam er nur noch am Rande mit. Seine Gedanken verflüchtigten sich, und es war nur noch Schwärze um ihn. Eine Schwärze, die ihn nie wieder loslassen würde. Dass ihm das Klebeband abgenommen wurde, bekam er nicht mehr mit. Da war sein Körper bereits tot und seine Seele auf dem Weg ins Nirwana.

61

Gegenwart

Ich hetzte weiter im Schutz der Bäume durch den Wald. Sie durften mich nicht erwischen. Niemand durfte meinen Plan durchkreuzen. Wieder ein Schuss, der nur knapp neben mir einschlug. *Sie werden mir meine Freundinnen wegnehmen,* durchfuhr es mich wie ein Blitz.

Aber vielleicht war es Gottes Wille, dass Helga gerettet wurde. Vielleicht wollte Gott, dass ich nochmals von vorne anfing. An einem anderen Ort.

Doch all meine Sachen sind noch im Haus. Und Mutter! Was würde Mutter dazu sagen, wenn Fremde ins Haus stürmen? Heute, gerade an diesem besonderen Tag, möchte man doch im Kreise seiner Familie sein.

Da hörte ich ihre Stimme, ganz nah. Im ersten Moment glaubte ich noch an Einbildung, doch sie flüsterte in mein Ohr: »Lauf, mein Mädchen. Lauf! Du sollst in die Welt gehen und Gottes Wille erfüllen.«

»Ja, Mutter«, keuchte ich. »Ich werde tun, was auch immer du sagst.« Dann verschwand ich den Abhang hinunter.

Die Polizei kriegt mich niemals!

62

Gegenwart

Helga saß im Gras direkt vor dem Haus und wartete mit Frank auf den Rettungswagen, der jede Minute eintreffen musste. Daisy hatte ihren Kopf in Helgas Schoß vergraben. Immer mehr Polizeiautos kamen aus allen Richtungen. Immer mehr Uniformierte rannten an den dreien vorbei.

»Hast du eine Ahnung, warum dieser Irre es auf mich abgesehen hat?«

Noch bevor Frank antworten konnte, trat Hauptkommissar Klausner an sie heran. Durch den satten Rotton, den sein Gesicht angenommen hatte, nahm Helga an, dass er den Täter verfolgt hatte. »Frau Körner. Können Sie mir ein paar Fragen beantworten?«

»Ja, natürlich. Haben Sie den Irren geschnappt? Was ist mit der Frau?«

»Die Frau lebt. Wenn auch nur mehr mit schwachem Puls, aber sie lebt. Wir brauchen dringend eine Täterbeschreibung von Ihnen.«

»Natürlich!«, sagte Helga, wollte sogleich aufstehen, doch ihr Körper war geschwächt, und ein Schwindelanfall zwang sie dazu, sitzen zu bleiben. »Er ist mit Sicherheit eins fünfundachtzig. Hat dunkles Haar mit grauen Strähnen. Ich würde sagen, zwischen fünfunddreißig und vierzig. Dunkelbraune Augen, sehr dunkel. Keinen Bart, keine Brille. Ich weiß nicht, was wollen Sie sonst noch wissen?«

Klausner notierte sich die Angaben und gab diese sofort an die Zentrale weiter. »Das passt mal vorerst. Danke Ihnen, Frau Körner. Der Rettungswagen kommt gleich.«

»Was hat er mit der Frau gemacht? Und was sind das für Puppen in dem Zimmer da drinnen?« Helga zeigte in Richtung Haus.

»Die Frau hat er vergraben, im Wald bei einer Lichtung, und auf ihr Grab einen Jungbaum gepflanzt. So wie es aussieht, sind da noch mehrere solcher Obstbäume im Laufe der letzten Jahre gesetzt worden.«

»Mehrere Opfer? Sie meinen, er hat die Frauen umgebracht und sie dann vergraben?«

»Ich kann Ihnen dazu im Moment noch nichts sagen. Das wird noch einige Zeit dauern, bis wir hier alle Beweise gesichert haben.«

»Aber was haben diese Schaufensterpuppen für eine Bedeutung? Sind das Trophäen von diesem Irren? Für jedes seiner Opfer eine Puppe?«

»Ich weiß es wirklich nicht! Da kommt der Krankenwagen. Frau Körner, bitte lassen Sie sich untersuchen. Ich werde Ihnen berichten, sobald ich etwas Genaueres weiß.«

230

63

Zwei Tage später

»Er ist entwischt?«, fragte Helga, und ein unsichtbares Seil legte sich um ihren Hals.

»Ja, leider. Wir haben das ganze Gebiet abgesucht, aber er ist spurlos verschwunden«, sagte Klausner und schaute Helga an.

»Das heißt, ich bin weiterhin in Gefahr? Er könnte jederzeit hierher zurückkehren?« Ganz fest drückte sie Franks Hand. Sie saßen am Esszimmertisch. Helgas Blick fiel auf das Haus, das wieder einsam und verlassen am Rande des Waldes stand.

»Ich denke nicht, dass er hierher zurückkehrt.«

»Wissen Sie, wer er ist? Kennen Sie seine Identität?«

»Ja! Dank Ihrer Personenbeschreibung und dem Phantombild«, sagte Klausner und schwieg einen Moment. »Er heißt Johannes Winkler.«

»Der Name sagt mir etwas. Kennen wir einen Winkler?«, sagte Frank zu Helga.

»Natürlich. Das Immobilienbüro Winkler und Kramer. Wir haben von der Firma unser

Haus vermittelt bekommen. Allerdings hatten wir nur mit einer Frau Sellmeier zu tun. Oh mein Gott! Ist sie auch in diese Sache verstrickt?«

»Nein, das denken wir zum jetzigen Zeitpunkt nicht«, sagte Klausner. »Wir haben sie befragt, und ich kann fast ausschließen, dass Frau Sellmeier irgendetwas damit zu tun hatte. Sie hat uns bestätigt, dass auf dem Phantombild ihr Chef ist. Sie war zutiefst erschüttert, als sie von seinen Taten gehört hat. Sie gab auch zu Protokoll, dass dieses Reihenhaus hier nur bestimmten Klienten gezeigt worden ist. Winkler hatte sich genauestens über die potenziellen Käufer informiert. Das war ihm äußerst wichtig. Er hat dieses Reihenhaus immer zurückgekauft, wenn die Besitzer verkaufen wollten.«

»Ich verstehe allerdings nicht, was dieser Winkler von mir wollte! Und warum er den Frauen ... Haben Sie mehrere Opfer gefunden unter den Bäumen?«

»Ja, es waren insgesamt sechs Frauen inklusive der Überlebenden Lena Neumann. Alle auf dieselbe Art getötet. Sie sind erstickt.«

»Das heißt, er hat sie lebendig begraben«, sagte Helga und schlug sich die Hand vor den Mund. »Ist ja schrecklich. Aber wieso hat er das gemacht? Ich verstehe das alles nicht.«

»Ich habe heute in der Früh mit dem Opfer Lena Neumann gesprochen. Sie ist gerade noch dem Tod von der Schippe gesprungen, dabei haben ihr die Ärzte so gut wie gar keine Überlebenschancen gegeben. Sie hat ausgesagt, dass Winkler sie ständig mit dem Namen Lou angesprochen hatte.«

»Ja, aber wer ist denn Lou?«

»Wissen Sie, dazu muss ich ein wenig weiter ausholen. Winklers Mutter ist an Krebs gestorben, als er noch ein Kind war. Sie war sehr religiös und hat das auch an ihren Sohn so weitergegeben, dass der Glaube in seinem Leben einen hohen Stellenwert haben soll. Nach ihrem Tod wurde der Junge von einem Waisenhaus und von einer Pflegestelle zur nächsten geschoben. Mit fünfzehn Jahren kam er in eine Pflegefamilie. Das waren die Hafners.«

»Moment«, unterbrach Helga ihn. »Das war doch die Familie, die vor fünfzehn Jahren in dem Haus, in dem ich gefangen gehalten wurde, umgebracht worden ist.« Sie fuhr auf ihrem Stuhl hoch und rannte zur Balkontür.

»Genau. Es gab keinerlei Anzeichen auf äußere Gewalt zu dem Zeitpunkt. Somit deutete alles auf Mord mit anschließendem Selbstmord hin.«

»Ja, aber hat denn keiner Winkler verdächtigt?«, fragte Frank.

»Doch, aber Winkler brachte ein glaubhaftes Alibi. Und wie gesagt, es gab keinerlei Anzeichen von äußerer Gewalt.«

»Aber das gibt es doch nicht. Könnte nicht Winkler an dieser Wahnsinnstat schuld sein? Ich meine, der ist doch komplett irre.«

»Davon gehen wir jetzt auch aus und werden den Fall noch einmal aufrollen und sein Alibi erneut überprüfen.«

»Aber was hätte er für ein Motiv, seine Pflegefamilie umzubringen?«

»Wir haben in dem Haus Bilder gefunden«, sagte Klausner, schwieg dann aber.

»Bilder?«, hakte Helga nach. »Sie meinen die Fotos, die vor den Schaufensterpuppen auf den Tellern lagen?«

»Ja, die auch. Da will ich Ihnen die Einzelheiten ersparen.«

»Ich hab mir zwei Fotos angesehen. Also, ich kann mir vorstellen, was bei den anderen drauf war. Wer war diese ältere Frau auf dem Foto?«

Klausner schaute sie mit großen Augen an, doch schon gleich darauf sprach er: »Das war Frau Hafner, Winklers Pflegemutter. Allerdings haben wir in dem Haus noch einiges mehr gefunden, was sehr merkwürdig war.«

»Jetzt kommen Sie schon! Spucken Sie endlich die Wahrheit aus. Ich wurde dort fast umgebracht. Ich denke, ich hab die Wahrheit verdient.«

»Es gibt ein Fotoalbum, das wir in einem der Schränke gefunden haben. Darin sind meistens Kinderpuppen zu sehen, manche sind wie die, die Frau Hafner auf ihrem Schoß hatte. Unter den Fotos steht meist ein kleiner Text. Eine dieser Puppen hieß Lou. Auch sie hatte blondes langes Haar wie Lena Neumann. Frau Hafner hatte anscheinend ein Faible für all diese Puppen. Aber was sehr merkwürdig war, ist die Tatsache, dass auf manchen Familienfotos drei Mädchen abgebildet sind. Allesamt hatten sie knielange Kleider an und selbstgemachte Perücken auf. Dabei hatte die Familie nur eine Tochter, einen Sohn und eben den Pflegesohn. Der Verdacht liegt nahe …«

»Oh mein Gott! Wollen Sie damit andeuten, dass die Pflegemutter an allem schuld ist, weil sie ihre Söhne nicht akzeptiert hat? Hat sie die Buben gezwungen, zu Mädchen zu werden?«

»Unsere Spezialisten arbeiten noch dran. Aber vielleicht ist das der Grund, warum Winkler zu dem Monster wurde, das er heute ist.«

64

Vier Tage später

Lena wurde heute aus dem Krankenhaus entlassen. Sie packte gerade die letzten Sachen in ihre Reisetasche. Dann drehte sie den Wasserhahn auf, hielt ihre Hände darunter und schüttete sich ein wenig kaltes Wasser ins Gesicht. Wie gebannt starrte sie auf ihren rechten Arm, der mit einer Bandage umwickelt war. Wieder kamen diese schrecklichen Minuten in ihr Hirn, obwohl sie sich jedes Mal schwor, niemals wieder daran zu denken. Doch es funktionierte nicht.

Hör auf, dich da reinzusteigern, Lena. Es ist vorbei.

Sie blickte in den Spiegel. Einige Wassertropfen perlten von ihrem Gesicht ab und landeten auf ihrem T-Shirt. Ein dicker weißer Verband verdeckte die obere Hälfte ihres Kopfes.

»Die Haare werden wieder nachwachsen, und es werden nur kleine Narben bleiben. An allen Stellen, die kahl bleiben sollten, werden wir Haare implantieren. Sie werden sehen, das wird wieder. Sie sind doch eine junge hübsche Frau. Lassen Sie Ihren Kopf nicht hängen.« Diese Worte hatte ihr der

Psychologe, der sie heute zum x-ten Mal in dieser Woche besucht hatte, eingetrichtert.

Nur kleine Narben bleiben!, krochen ihr die Worte durch den Kopf. Man könnte auch ›*Gezeichnet für die Ewigkeit*‹ auf die Stirn tätowieren. Wäre das Gleiche. Diese Psychologen hatten doch alle keine Ahnung, wie sich diese *nur kleinen Narben* so anfühlten. Wieder rannen ihr die Tränen die Wangen herunter. Sie wischte sie mit ihrem Handrücken fort, da Lissi gleich kommen würde, um sie abzuholen, und sie sollte auf keinen Fall ihre Traurigkeit sehen.

Dann ging die Krankenzimmertür auf, und Lissi fiel ihr um den Hals. »Ich bin so froh, dass ich dich heute endlich mitnehmen darf.«

Durch die körperliche Nähe wurde Lena schwindlig, und sie zuckte zurück.

Lissi ging sofort auf Abstand und murmelte: »Entschuldige.«

Es würde wohl noch einiges an Zeit benötigen, bis Lena wieder Menschen an sich heranlassen könnte.

»Lass uns bitte hier verschwinden«, sagte Lena, und Lissi griff sich die Tasche. Als die beiden endlich im Auto saßen, brach Lena ihr Schweigen. »Weißt du, der Scheißpsycho hatte an dem Baum, den er auf mir gepflanzt hat, eine kleine Tafel angebracht. Ich hatte Glück, dass die Erde um mich herum nicht verdichtet war. Ansonsten wäre ich elendig erstickt.«

Lissi umklammerte das Lenkrad fester und wurde sichtlich nervös. »Woher weißt du das?«, fragte sie zögerlich.

»Weil mir das der Polizist erzählt hat, der mich vernommen hatte. Der Psychodoc, der bei dem Gespräch dabei war, meinte, dass es gut wäre, wenn alle meine Fragen beantwortet werden. Das wäre gut für meinen Heilungsprozess.«

»Bist du dir sicher, dass du mit mir darüber sprechen möchtest?«

»Ja, du bist meine beste Freundin.« Bei diesen Worten musste Lena schlucken. Es kamen wieder Erinnerungen hoch, an Johannes oder eben an sein anderes Ich. »Ich muss mit jemand Normalem darüber reden können. Diese Psychoheinis sind doch alle selbst plemplem.«

»Okay«, sagte Lissi und nahm ihren Blick kurz von der Straße. »Also erzähl, was dir auf dem Herzen liegt. Ich kann dir nur nicht versprechen, dass ich alles vertrage, was du mir sagen willst. Ich bin ja eher eine Liebesromanleserin und nicht geeignet für Hannibal Lecter und Konsorten.«

Lena lachte laut. »Ja, Liebes. Ich weiß das doch. Wenn du das Wort *Liebesflaute* sagst, dann hör ich auf. Okay?« Lena fühlte, wie allein durch dieses Lachen wieder Lebensenergie in sie strömte.

»Okay. Das Wort klingt gut.« Auch Lissi lachte. »Also, was stand auf dieser Tafel?«

»Lou. Da stand Lou drauf. Auf einer kleinen goldenen Platte eingraviert, die er an den Baumstamm genagelt hatte. Du musst dir vorstellen, das war der Name, den er mir gegeben hat. Und weißt du, was das Schlimmste ist? Dass Lou eine Puppe war. Eine stinknormale verschissene Puppe, wie jedes Mädchen eine hat. Verstehst du das, wie irre der Typ war? Er wollte mich zu einer Puppe machen, und deswegen hat er mir meinen Schä… « Sie unterbrach sich selbst. Zu schmerzlich waren die Worte, die sie hatte aussprechen wollen.

»Weißt du mehr über den Hintergrund der Puppe? Hast du da bei dem Polizisten nachgefragt?«

»Ja, er hat mir erzählt, dass es Fotos gibt von diesem Psycho und seinem Pflegebruder. Verkleidet als Mädchen. Auch war ein ganzes Zimmer voll mit diesen Puppen, in verschiedenen Größen, Hautfarben und Haarfarben. Gruselig. Echt gruselig.«

»Dein Entführer hat Puppen gesammelt?«

»Nein, seine Pflegemutter. Die scheint bei ihm einen Knacks verursacht zu haben. Einen sehr großen Knacks.«

»Krass. Echt krass«, sagte Lissi und pfiff einen Ton durch ihre Zähne.

»Weißt du, als er von dieser Cindy sprach, dachte ich echt, der hält noch mehr Frauen gefangen. Aber als ich diese Schaufensterpuppe mir gegenüber hatte mit diesen schwarzen Haaren und den gruseligen kahlen Stellen auf dem Kopf, wusste ich, dass es mir auch so ergehen wird. Ich hatte so große Hoffnung, mit den anderen Frauen gemeinsam einen Fluchtplan schmieden zu können. Dabei waren sie alle schon lange tot. Es wurden mit meinem zusammen sechs Bäume gepflanzt. Für jede Frau einer, und die Polizei hat alle Leichen exhumiert.«

»Also fünf tote Frauen!«, sagte Lissi und schlug sich mit der Hand auf den Mund.

65

Zwei Wochen später

Polizeibericht Aktenzeichen J61 – 2047/20 vom 25.6.2020

Im Haus des Verdächtigen Winkler haben wir Blasrohre und ein Betäubungsmittel namens Phenobarbital gefunden. Dem Etikett nach stammt es aus den Niederlanden. Anscheinend hat der Verdächtige damit seine

Opfer betäubt. Genaueres wird erst die Laboruntersuchung zutage bringen.

Außerdem wurden im Haus des Verdächtigen Winkler neun selbstgemachte Perücken aus Echthaar gefunden. Fünf davon konnte man nachweislich den Frauenleichen, die man unter den Obstbäumen gefunden hatte, zuordnen. Die Haare, die man lose in einem Jutesack fand, wurden Lena Neumann zugeordnet. Das Suchgebiet nach den vier verbleibenden Opfern wurde ausgeweitet, doch im Wald wurde nichts gefunden.

Gestern Nachmittag erreichte uns ein alarmierender Anruf von dem steirischen Tierfriedhof in Seiersberg-Pirka. Hier ein Auszug des Telefonates:

»... soeben wurden sterbliche Überreste von einer Person in einem unserer Tiergräber gefunden. Das Grab wurde aufgelassen, weil der Besitzer vor Kurzem verstorben ist.«

Die Spurensicherung war kurze Zeit später vor Ort. Alle vorhandenen Gräber wurden geöffnet, und es wurden vier menschliche Skelette gefunden. Der vollständige Bericht steht noch aus, doch kann man jetzt schon sagen, dass diese Körper dem Zustand nach zu urteilen seit mehr als zwanzig Jahren dort begraben waren.

66

Vor fünfzehn Jahren

»Auf all das, was du mir angetan hast, Mutter«, sagte ich mit einem spöttischen Tonfall. Mutter hasste es, wenn ich so mit ihr sprach. Schon immer. Schon seitdem ich hier bei ihr war. Ich hielt das Kristallglas ein wenig höher, sodass sie den Inhalt sehen konnte. Meine blauen Allzweckhandschuhe ließen das Glas in meiner Hand ein wenig nach unten rutschen. Blutrot, nur das reinigte die Seele und brachte ewiges Leben.

»Johanna! Bitte, binde mich los. Du hast ja schon alles, was du brauchst.« Sie röchelte, und Blut rann aus ihrer Wunde.

Ganz nah kam ich an ihr Gesicht heran. So nah, dass ich ihre Gänsehaut spüren konnte. »Ich heiße Johannes!«, schrie ich, so laut ich konnte, und spuckte ihr einige Speicheltropfen mitten ins Gesicht. »Merk es dir endlich!« Ich trank einen Schluck Blut. Es schmeckte ekelhaft, doch ich wusste, ich brauchte diese Energie.

»Du hast deine Schwester umgebracht! Meine Tochter!«, schrie sie mir entgegen.

Ich lachte laut auf. Das war wohl der Witz des Tages! »Und du«, sagte ich ruhig, »hast meine Freundin umgebracht. Meine Freundin, die ich liebte. Du sollst in die Hölle fahren!« Ich konnte meine Tränen nicht mehr zurückhalten. Es war zu spät. Jennifer hing leblos auf dem Stuhl. Das Blut quoll immer noch aus ihr heraus. Doch das Leben, das war aus ihr herausgetreten. Für immer!

»Du hast sie umgebracht, Johanna. Du hast dich entschieden. Ich dachte, du hättest sie als Präsent mitgebracht. Meine Puppen haben heute ihren Feiertag. Was dachtest du denn, warum ich dich missratene Göre hierher eingeladen habe? Ich brauche den Saft des Lebens, damit der Tumor in meinem Kopf nicht weiterwächst.« Mutter zuckte zusammen. Das Messer, das jetzt in ihrem Bauch steckte, war wohl noch nicht genug für sie. Trotz allem litt sie, nur das war mir wichtig.

»Du bist einfach nur ekelhaft, dieses Spiel mit mir zu spielen«, sagte ich. »Fahr doch zur Hölle, dort, wo du hingehörst!«

Ein Poltern war hinter mir zu hören, und ich blickte auf. Die Augen meines Vaters schauten mich an. Er gab unverständliche Worte von sich. Das Klebeband verhinderte das Sprechen.

»Vater? Was willst du? Soll ich den Stuhl gleich umkippen? Möchtest du das? Oder möchtest du erst sehen, wie deine geliebte Frau, dieses Monster, stirbt? Ich werde ihr das Leben aushauchen. Das Leben nehmen, so wie sie mir meines genommen hat.« Ich stand auf und stellte mich breitbeinig vor

243

ihm hin. Ich tastete mit meinen Fingern über das Seil, das ich um seinen Hals gelegt hatte, und dann über den Knoten. Auf den war ich besonders stolz. Schließlich hatte ich diesen erst vor Kurzem gelernt. Vom Lehrmeister persönlich. »Vater? Bist du stolz auf mich? Hast du gesehen, welchen Knoten ich gemacht habe? Den hast *du* mir beigebracht. Kannst du dich noch daran erinnern?«

Vater nickte so heftig, dass die Schweißperlen von seiner Stirn geschüttelt wurden.

»Schön«, sagte ich und wandte mich wieder Mutter zu. Ich zog das Messer aus ihrem Bauch, und sie schrie auf. Sofort stach ich erneut zu, und ich sah es in ihren Augen blitzen. Das Monster war zum Leben erwacht!

»Johan…«, kam noch aus ihrem Mund, doch schon setzte ich das Messer auf der Höhe ihres Herzens an und stieß mit aller Kraft zu. Ein letzter Atemzug, ein letztes Aufbäumen ihres Körpers. Ein letztes Mal, und das Monster war verschwunden.

Ihr Blut würde ich nicht trinken, auch wenn ich einen Behälter darunter aufgestellt hatte. Ich wollte ewiges Leben und kein Bastard sein!

»Vater«, sagte ich, und seine Augen verrieten mir, dass er daran interessiert war, was ich ihm noch zu sagen hatte. Er wusste, dass auch seine Zeit abgelaufen war. »Willst du zusehen, wie dein Sohn stirbt? Du weißt schon, Sam ist sein Name und nicht Samantha, wie deine Frau ihn immer rief.« Sofort schüttelte Vater energisch seinen Kopf. »Gut, dann darfst du zusehen. Ich lasse dir die Schlafzimmertür offen. Soll ich ihn schreien lassen? Erregt dich das?«

Mit dem blutigen Messer in der Hand ging ich zu Sam.

»Es tut mir leid, mein Freund«, sagte ich, als ich das erste Mal auf ihn einstach.

Eine Träne rann seine Wange herunter. Doch er hielt still. Er versuchte nicht mal, sich zu wehren, auch war sein Schmerzensschrei um vieles leiser als der von Mutter. Vielleicht stand er noch immer unter den Drogen, die Mutter uns untergemischt hatte, unter jedes Essen. Das hatte ich erst herausgefunden, als ich vor gut einem Monat hier ausgezogen und ganz allmählich wieder klar im Kopf geworden war.

Als ich erneut auf ihn einstach, sagte ich: »Du verstehst, warum ich das mache? Ich kann dich nicht am Leben lassen. Eines Tages würdest du ausplaudern, was ich getan habe mit Mutter, Vater und deiner Schwester.«

Sam nickte. Es war fast wie ein Schwur unter Brüdern. Ich stach noch fünfmal auf ihn ein. Irgendwann zwischen dem dritten und dem vierten Stoß merkte ich, dass sein

Körper erschlaffte. Ich wollte nicht, dass er in so einer Welt leben musste. In einer Welt, die ihm so viel Grausames angetan hatte. Allein, dass er geistig zurückgeblieben war, war doch schon schlimm genug. Da musste er nicht auch noch alles andere ertragen. Das konnte ich nicht verantworten – das wollte ich nicht verantworten.

So schritt ich nach vollendeter Tat aus dem Zimmer, an meinem Vater vorbei, dessen Füße zeitweise sein Gewicht nicht mehr halten konnten und abzurutschen drohten. »Du wirst dich noch umbringen«, sagte ich und lachte darauf lauthals los. Ich schaute auf die Prinzessin, so wie Mutter sie immer genannt hatte. Mir kam in diesem Moment ein saurer Geschmack die Speiseröhre heraufgekrochen, und ich schluckte ein paarmal kräftig. Allein wie ich ihre Prinzessinnenkrone gehasst hatte, die sie bei dem Puppenfest getragen hatte. So wie heute auch. Wie ich diesen Tag gehasst hatte. Wie ich sie gehasst hatte. Die Prinzessin war so perfekt!

Ich stieß einen lauten Schrei aus und rammte ihr das Messer mitten ins Herz. Für den Bruchteil einer Sekunde öffnete sie ihre Augen. Doch dann war sie endlich tot. Ich hatte das Monster und die Prinzessin endlich besiegt. Ich hatte meinen Bruder aus deren Fängen befreit. Ich war der Gewinner.

Nun nur noch Vater, dann wäre mein Auftrag hier beendet. So trat ich gegen das Stuhlbein. Nur ganz locker. Ich sah, wie der alte Mann am ganzen Körper bebte. *Ach, was ist das für ein Spaß!*

»Komm schon, *Daddy!*«, sagte ich. »Dann zapple mal schön. Viel Spaß in der Hölle!« Mit voller Kraft schubste ich den Stuhl um, sodass er mit einem Poltern auf den Boden fiel. Vater strampelte mit seinen Beinen umher, zuerst noch wild, dann verließen ihn seine Kräfte allmählich, bis er kurz darauf nur noch hin und her baumelte wie eine Glocke im Kirchturm.

Ich entfernte zuerst das Klebeband von allen, dann wischte ich den blutigen Griff des Messers sauber, tauchte ihn zuerst in Mutters Blut, dann in das meines Bruders und legte das Messer Vater in seine Hand. Allerdings umklammerte er es nicht so, wie ich es gern gehabt hätte, somit nahm ich es wieder an mich und steckte es meiner toten Schwester ins Herz.

Im Spiegel im Vorzimmer betrachtete ich mein Gesicht. Zwei kleine Blutspritzer zogen sich über meine Wange. Schnell zog ich Vater sein Hemd aus und ihm meines an. Ich hatte mir darunter noch ein Langarmshirt angezogen, damit nicht meine DNA-Spuren auf dem Hemd zu finden wären. Als ich mit einer Bratenspritze, die ich in der Küchenschublade gefunden hatte, die beiden

247

Blutspritzer auf Vaters Gesicht spritzte, war das Gesamtkunstwerk vollendet, und ich war zufrieden.

Dann packte ich die restlichen Sachen ein, stopfte alles ins Auto, das in der Einfahrt stand, und schnappte mir Jennifer.

Obwohl sie eigentlich ein Leichtgewicht war, wurde ihr toter Körper immer schwerer auf meinen Schultern, als ich mit ihr durch den Wald hinter dem Haus ging. Ich war am Friedhof angekommen, schritt durch das Tor, das Vater anscheinend schon vor Stunden aufgeschlossen hatte, und legte sie in das Grab, das eigens für sie ausgehoben worden war. So hatten es Mutter und Vater schon einige Male gemacht. Viermal um genau zu sein. Und Jennifer würde die Letzte sein, die auf diese Weise ihr Leben verloren hatte. Mit der Schaufel, die neben dem Grab in der Erde steckte, schüttete ich ihren Körper zu, und zu guter Letzt pflanzte ich die Blumen darauf, so wie es Mutter mir vor zwei Jahren beigebracht hatte. Für Vater hatte der Friedhof perfekt aussehen müssen, schließlich war er dafür verantwortlich gewesen.

Als ich nach getaner Arbeit wieder zum Haus kam, schwor ich mir, nie wieder diese Psychopharmaka zu nehmen, die mir der Psychiater aufgrund meiner Schlaflosigkeit gegeben hatte. Ich wollte endlich leben! Ewig leben!

Epilog

13.06.2021 – in einem Jahr

Heute werde ich meine Krankheit besiegen! Mit dem Blut von Susi. Sie wird mir helfen, ewiges Leben zu erhalten.

»Ich liebe dich, Susi«, flüsterte ich dem leblosen Körper zu, als ich den Druckverband auf die Pulsadern presste.

Dann setzte ich mich kurz. Meine Kräfte ließen nach. Dieses abartige Tier in mir, das auch schon meine Mutti getötet hatte, wütete seit sechs Jahren in mir. Doch jetzt würde ich mir noch einen Joint genehmigen, das sollte meine Schmerzen lindern, und das reine rote Blut würde meinen Körper stärken.

Vielleicht sollte Mutter recht behalten, auch ihr war es immer besser gegangen, nachdem sie den reinigenden Saft der Puppen getrunken hatte. Und es half eine Zeit lang, dass ihre Kopfschmerzen nachließen.

Ich hielt das Glas in die Höhe und prostete gen Himmel. »Mutter, du bist meine Lebensretterin!«

-ENDE-

Lieber Leser, liebe Leserin.

Herzlichen Dank für den Kauf dieses Buches. Es ist, wie Sie sicher bereits wissen, wenn Sie mir schon länger folgen, mein erster Psychothriller.
Um Lenas Gedankengang noch einmal aufzugreifen: Wie sieht ein Psychopath aus? Kann man jedem an der Nasenspitze ansehen, wie er in seinem Köpfchen tickt? Nein, das kann man mit Sicherheit nicht, und gerade das hat die Figur von Johannes geformt.

So wie in jedem meiner bisher erschienenen Bücher bedanke ich mich bei allen Mitwirkenden, die dieses Buch, so wie Sie es jetzt in Ihren Händen halten, überhaupt erst möglich gemacht haben:

An erster Stelle kommt, so wie immer, mein Lieblingsmensch. Danke für deine Ideen und deine motivierenden Worte, wenn ich mal wieder nicht weiß, wie die Story weitergehen soll. *Te quiero mucho.*

An zweiter Stelle steht natürlich Sascha, mein absoluter Lieblingslektor. Ach, was soll ich großartig schreiben? Du bist und bleibst einfach der beste Lektor, den sich ein Autor wünschen kann. *Un beso para tí.*

An dritter Stelle, aber nicht weniger wichtig, kommen meine Testleserinnen Julia, Bettina, Isa, Birgit, Franziska, Bianca und Verena, die auch diesmal meine Story auf Logik überprüft und alles hinterfragt haben. Ich bin so froh, euch zu haben. Egal ob es um die Story geht oder um die Auswahl des Covers und des Titels, ihr seid immer für mich da. Auch wenn ich euch um fünf vor zwölf meine Geschichte zu lesen gebe. Ohne euch würde es nur halb so viel Spaß machen.

Diesmal durfte Simone von HollandDesign das Cover für den Thriller gestalten. Ich muss ja zugeben, als ich dieses das erste Mal sah, war ich schockverliebt. Danke, liebe Simone, für die tolle und vor allem lustige Zusammenarbeit.

An dieser Stelle möchte ich mich auch bei allen meinen Buchbloggern bedanken für die großartige Unterstützung, die ich bei jeder Buchveröffentlichung von euch bekomme. Und natürlich auch für den Spaß, den wir gemeinsam haben.
#Miteinanderstattgegeneinander

Und auch an Sie, liebe Leserin, lieber Leser, ein Dankeschön. Ich hoffe, es hat Ihnen Spaß gemacht und ich durfte Sie ein paar Stunden mit einer spannenden Story unterhalten. Ich freue mich, Sie in meinem nächsten Thriller, der im Herbst 2020 im Handel erscheint, wieder begrüßen zu dürfen.

Ich würde mich in der Zwischenzeit über Ihren Besuch auf meinen Seiten freuen. Melden Sie sich doch auch gleich zum Newsletter an, um nie wieder Neuigkeiten zu meinen Büchern zu verpassen.

Facebook: Autorindrea
Instagram: dreasummer1978
https://dreasummer.com/

Ihre
Drea Summer